해리포터
저주받은 아이
1부
연극 대본

BASED ON AN ORIGINAL STORY BY

J.K. ROWLING
JOHN TIFFANY & JACK THORNE
A PLAY BY JACK THORNE

FIRST PRODUCED BY
SONIA FRIEDMAN PRODUCTIONS, COLIN CALLENDER
& HARRY POTTER THEATRICAL PRODUCTIONS

THE OFFICIAL SCRIPT OF THE
ORIGINAL WEST END PRODUCTION

THE DEFINITIVE AND FINAL PLAYSCRIPT

HARRY POTTER
AND THE CURSED CHILD

해리포터
저주받은 아이
— 1부 —
연극 대본

J.K. 롤링
존 티퍼니 & 잭 손
세 명의 원작에 기초한 이야기

잭 손 각색
박아람 옮김

문학수첩

HARRY POTTER AND THE CURSED CHILD PARTS ONE AND TWO
Based on an original story by J.K. Rowling, John Tiffany and Jack Thorne
A play by Jack Thorne

First published in print in Great Britain in 2016 by Little, Brown
The paperback edition published in 2017 by Sphere
Korean translation copyright © 2017 by Moonhak Soochup Publishing Co., Ltd.
Text © Harry Potter Theatrical Productions Limited 2016
Potter family tree and Timeline © 2017 Pottermore Ltd
Harry Potter Publishing and Theatrical rights © J.K. Rowling
Artwork and logo are trademarks of and © Harry Potter Theatrical Productions Limited
Harry Potter characters, names and related indicia are trademarks of and © Warner Bros. Ent.
J.K. ROWLING'S WIZARDING WORLD is a trademark of J.K. Rowling and Warner Bros.
Entertainment Inc.
All rights reserved.

나의 세상에 들어와
아름다운 일을 해 준
잭 손에게 이 책을 바칩니다.

J.K. 롤링

조와 루이스, 맥스, 소니, 말……
모든 마법사에게 이 책을 바칩니다.

존 티퍼니

2016년 4월 7일에 태어난 엘리엇 손에게 이 책을 바칩니다.
우리가 리허설을 할 때 그 녀석은 옹알이를 했답니다.

잭 손

• 차례 •

즐겁게 대본 읽기

연출가 존 티퍼니와 극작가 잭 손의 대화

잭 제가 난생처음 읽은 연극 대본은 《요셉과 놀라운 색동옷
(Joseph and the Amazing Technicolor Dreamcoat)》이었습
니다. 당시 초등학생이었는데, 무척 흥미진진했었죠. 또렷이
기억나진 않지만, 주로 제 대사를 찾으면서 훑어봤던 것 같아
요. 맞습니다. 아주 맹랑한 꼬맹이였죠. 요셉 역할이었거든
요. 다음으로 접한 희곡은 이언 서레일리어(Ian Serraillier)의
고전인 《은검(The Silver Sword)》을 각색한 대본이었어요. 이
연극에서는 주연이 아니었고, '소년 3'이었나 그랬을 겁니다.
사실 저는 에덱 밸리키를 맡고 싶었죠. 에덱 역을 맡기 위해서
라면 뭐라도 했을 겁니다. 하지만 안타깝게도 그 무렵 제 연기
경력은 이미 손쓸 수 없이 퇴보한 상태였어요. 제 나이 아홉
살이었죠.

존 제가 처음 읽은 대본은 아홉 살 때 접한 《올리버!(Oliver!)》였
습니다(그 어린 나이에도 제목에 붙은 느낌표를 보고 뮤지컬이라
고 어렴풋이 직감했죠. '올리버'에 …… 노래가 나오겠군!). 1981

년 허더즈필드 아마추어 오페라 협회(Huddersfield Amateur Operatic Society)에서 상연된 이 연극에서 저는 제목과 동명의 고아 역을 맡았어요. 따로 억양 연습을 한 기억이 없으니, 틀림없이 디킨스의 원작을 절묘하게 재구성한 작품이었을 겁니다. 올리버의 엄마가 웨스트요크셔의 구빈원으로 가서 출산한 내용으로 살짝 바꿨겠죠. 저 역시 대본을 훑어보며 제 대사를 찾았습니다. 일부러 노란색 형광펜을 사러 간 기억이 나네요. 올리버의 대사에 표시를 하기 위해서였죠. 같이 출연하는 배우들이 그렇게 하는 것을 봤거든요. 저는 그게 노련한 배우의 상징적인 습관이라고 생각한 것 같습니다. 나중에야 '미꾸라지' 잭 도킨스가 지적해 주더군요. 대사를 형광색으로 칠하기만 할 게 아니라 열심히 외우기도 해야 한다고요. 그때 대본 읽기에 관한 교훈을 처음 배웠습니다.

잭 존 당신이 올리버를 연기하는 모습, 정말 보고 싶은데요. 형광펜으로 표시한 대본도 보고 싶고요. 저는 당신의 빳빳한 갈색 연출 수첩을 보며 늘 감탄했거든요. 제 대본은 귀퉁이가 구깃구깃하고, 알아볼 수 없는 메모로 뒤덮여 있답니다. 예전부터 늘 그랬어요. 게다가 아기 토사물도 묻어 있고요(뭐, 이건 비교적 최근에 추가되었죠).

대본은 어떻게 읽혀야 한다고 생각하십니까? 독자들은 대본을 어떻게 읽을 수 있을까요? 출간을 앞두고 지문을 쓸 때, 연극 개막을 2, 3주 앞두고 황급히 원고를 마무리할 때 이 부분이 몹시 걱정되더군요. 공연 연습을 하면서 대본 곳곳을 들어냈잖아요. 배우들이 표정만으로 자연스럽게 표현할 수 있는 대사는 필요 없다고 판단하여 삭제해 버렸죠. 그렇게 특정 배우 집단에 맞게 대본을 다듬었지만, 다른 사람들도 배역을 연기할 수 있어야 하죠. 연출자가 그렇듯, 독자도 등장인물들을 시각화할 수 있어야 합니다.

대본을 처음 접할 때 어떤 점을 보시나요?

존 연출자에게는 새로운 대본과의 첫 만남이 아주 소중하답니다. 그 대본으로 올린 연극을 처음 보는 관객과 가장 가까운 입장이 되는 거라고 할 수 있죠. 완성된 대본을 읽었을 때 그 줄거리와 등장인물들, 극작가가 탐구하는 주제들이 와 닿아야 합니다. 대본을 보며 웃고 울 수 있어야 하죠. 이야기의 즐거움을 느끼는 동시에, 인물들이 겪는 고통을 깊이 통감할 수도 있어야 합니다. 무대에서 온전히 재현할 수 있고 그 경험을 관객과 함께 나눌 수 있게 해 주는 대본이 좋은 대본이라고 생각합니다.

극작가로서 대본을 쓸 때 이런 모든 과정 가운데 어느 정도 상상하십니까? 인물들의 대사를 쓰면서 직접 소리 내어 연기해 보기도 하나요?

잭 대사뿐 아니라 몸동작도 직접 해 봅니다. 이름난 커피숍이나 샌드위치 가게에서 그러고 있으면 사람들이 이상하게 쳐다보곤 하죠. 저도 모르게 극중 인물이 되어 어느새 몸동작까지 흉내 내고 있을 때가 많거든요. 얼마나 창피한지 몰라요.

이번 대본은 조금 특별했습니다. 대본을 쓰면서 배우들과 이렇게 많은 시간을 보낸 적이 없었거든요. 몇 주간 극 연구를 하고 뒤이어 몇 주간 공연 연습을 하는 내내 디자인팀에서부터 음향팀, 조명팀에 이르기까지 모두가 오랫동안 함께 시간을 보냈죠. 다른 사람들도 그런 경험은 처음이었을 겁니다. 다 합쳐서 8개월쯤 걸렸을 거예요. 이런 과정이 결과물에 어떤 영향을 미쳤을까요? 물론, 그 덕분에 작품의 질은 훨씬 더 좋아졌을 겁니다. 그런데 이런 경험이 우리 공연 분위기를 얼마나 바꿨다고 생각하시나요?

존 카페에 앉아서 극중 인물이 되어 혼자 중얼거리고 있는 당신의 모습을 꼭 보고 싶군요! 그런 공연을 찾는 관객도 있을 겁니다. 아주 독특한 형태의 공연이잖아요. 순회공연을 해도 좋겠어요. 제가 〈저주받은 아이〉의 배우들을 아는데, 맨 앞자리를 예약해야겠네요. 안 된다고요? 그럼 할 수 없지만……

긴 시간 동안 함께 극 연구를 하고 공연 연습을 한 것은 당연히 우리 작품에 긍정적인 영향을 미쳤을 겁니다. 그 모든 과정이 아직도 머릿속에 생생하네요. 아주 역동적이고 분명하게 남아 있습니다. 2014년 초에 롤링과 함께 원작 회의를 한 순간부터 2016년 여름에 이 연극이 처음으로 관객을 마주한 순간까지 수많은 배우들과 창작자들, 아티스트들, 연출자들, 제작 및 기술 팀들이 참여했죠. 대본집을 출간할 때 이 사람들의 이름을 모두 넣어야 한다고 주장한 것은 바로 이런 이유 때문이었습니다. 또, 그래야만 이 대본집을 통해 극장에서 공연을 보는 경험을 조금이나마 맛볼 수 있을 테고요.

이 대본의 집필자로서 아직 공연을 보지 못한 채 대본을 읽는 독자들이 어떤 상상을 하길 기대하시나요?

잭 어려운 질문이네요. 연극의 막이 오르기 전날, 저는 트위터에 이런 글을 올렸습니다. '모두가 연극을 직접 보았으면 좋겠습니다. 대본으로 읽는 것보다 훨씬 더 좋을 테니까요. 연극 대본은 노래를 위해 존재하는 악보와도 같고, 우리에겐 비욘세에 견줄 만한 배우들과 제작진이 있답니다.' 그러니 이렇게 답할 수 있을 것 같네요. 대본을 읽는 독자들이, 연극계의 비욘세, 즉 감정이 풍부하고 감정 이입에 능하며 대사 한 마디 한 마디의 뉘앙스를 살려 아름답게 연기할 수 있는 배우들, 그리고 이를 데 없이 절묘한 무대 디자인과 동작, 의상, 조명, 영상, 음향 등이 함께 어우러진 무대를 상상했으면 좋겠다고요.

또 한편으론, 제가 롤링 그리고 잭 당신과 함께 쓴 대본을 그대로 음미하며 읽어도 좋을 것 같습니다. 대사 한 줄 한 줄에 〈해리 포터〉 시리즈 전체에 흐르는 정서와 감정을 진실하고 솔직하게 담아내려고 최선을 다했으니까요. 물론, 행간에 의미를 싣는 일, 감정을 전달하는 일이 어렵긴 합니다. 대본에는 내적 독백을 실감나게 담아낼 수 없으니까요. 산문 작품에서는 인물의 감정을 글로 표현할 수 있고, 연극 공연에서는 배우들이 표정으로 내적 독백을 표현할 수 있죠. 게다가 무대 위에서 여러 가지 마술이 벌어지기도 하는데, 제가 이것을 글로 설명해 버리면 공연 보는 재미가 떨어질 테고 제이미 해리슨 (일루션/마술 담당)은 마술계에서 퇴출당할 겁니다! 독자들이 머릿속으로 직접 연기를 해 볼 수도 있을까요? 저처럼 카페에 앉아서 미친 사람처럼 모든 배역을 연기해 보는 겁니다. 독자들에게 이 대본을 어떻게 읽으라고 권하시겠습니까?

존 말씀하신 대로, 산문 작품에서는 인물의 감정을 내적 독백으로 표현할 수 있고, 시각적인 세부 사항은 풍부한 묘사를 통해 표현할 수 있지만, 우리는 배우들과 크리에이티브 협력자들이 무대에서 이러한 요소들을 재현하도록 해야 합니다. 그런 뒤에도 어떤 장면들은 관객의 상상력을 동원해야만 완전한 결실을 맺을 수 있죠. 제가 연극을 좋아하는 이유 가운데 하나도 바로 이런 점입니다. 영화에 컴퓨터 합성 이미지가 있다면, 우리 연극에는 관객의 상상력이 있습니다. 둘 다 아주 막강한 요소죠.

독자들이 머릿속으로 이 대본을 직접 연기한다면 정말 멋질 것 같은데요. 가까운 사람들과 함께 방에서 연기해 보는 것도 좋을 테고요. 이런 활동과 실제 우리 관객의 상상력은 어느 정도 연결되는 구석이 있을 겁니다. 우리는 〈해리 포터와 저주받은 아이〉 연극을 보고 싶어 하는 모든 분들이 런던 팰리스 극장에서든 다른 곳에서 다른 팀의 공연으로든 무대를 직접 접할 수 있도록 최선을 다할 것입니다. 그 전까지 우리 독자들의 머릿속에서 잭 당신의 대본이 다양한 방식으로 상연된다고 생각하니 몹시 흥분되는데요.

일러두기

1. 인명, 지명 등의 고유명사와 주문 등의 마법 관련 용어는 이 책의 개정2판 1쇄부터, 2019~2020년에 출간된 《해리 포터》 시리즈의 새 번역을 따랐다.

2. 《해리 포터와 저주받은 아이 1, 2부》에 처음 등장한 용어는 한글맞춤법의 외래어표기법을 따랐다.

3. 본문 각주는 모두 옮긴이가 단 것이다.

1부

1부

1막

1막 1장

킹스크로스역

혼잡하고 붐비는 기차역. 어디론가 가려는 사람들로 가득하다. 이 북새통 속에서 짐을 잔뜩 싣고 그 위에 새장을 얹은 카트 두 대가 덜덜거리며 달려온다. 두 소년 제임스 포터와 알버스 포터가 이 카트를 하나씩 밀고 있고, 그들의 엄마 지니가 뒤쫓아 온다. 서른일곱 살의 해리는 딸 릴리를 목말 태우고 온다.

알버스   아빠. 형이 계속 그 얘기 해요.

해리   제임스, 그만해라.

제임스   그냥, 알버스가 슬리데린에 가게 될지도 모른다고요. 그리고 어쩌면…… (노려보는 아빠의 눈을 피해) 알았어요.

알버스   (엄마를 쳐다보며) 나한테 편지할 거죠?

지니   네가 원한다면 매일 할게.

알버스   아냐. 매일 하진 마세요. 제임스 형이 그러는데, 거기 학생들은 대부분 한 달에 한 번씩만 집에서 편지를 받는대요. 그렇게 자주는…….

해리   우린 작년에 네 형한테 일주일에 세 통씩 편지를 보냈는데.

알버스   네에? 형!

알버스는 원망하는 얼굴로 제임스를 본다. 제임스가 빙긋 웃는다.

지니   정말이란다. 제임스가 호그와트에 대해 얘기해 주는 거, 다 믿지 않는 게 좋을 거야. 네 형이 장난을 좋아하잖니.

제임스   이제 좀 가죠. 네?

알버스는 아빠를 본 다음 엄마를 본다.

지니   그냥 9번 승강장과 10번 승강장 사이로 걸어가기만 하면 돼.

릴리   신난다.

해리   걸음을 멈추지 말고, 벽에 부딪치면 어쩌나 걱정하지도 마. 이게 아주 중요해. 불안하면 달려 들어가는 게 최고지.

알버스   해 볼게요.

    해리와 릴리가 알버스의 카트에 손을 얹고 지니는 제임스의 카트에 손을 얹은 뒤 온 가족이 벽으로 힘차게 달려 들어간다.

1막 2장

9와 4분의 3번 승강장

호그와트 급행열차가 뿜어내는 하얀 증기가 승강장을 자욱하게 뒤덮고 있다.

이 승강장 역시 혼잡하다. 그러나 빳빳한 정장 차림으로 하루를 시작하는 사람들이 아니라, 주로 사랑하는 자녀들에게 어떻게 작별 인사를 건네야 하나 고민하는, 로브 차림의 마법사들로 붐빈다.

알버스   나왔네요.

릴리   우아!

알버스   9와 4분의 3번 승강장.

릴리   다들 어디 있지? 왔을까? 아직 안 왔나?

해리가 론과 헤르미온느, 그들의 딸 로즈를 가리킨
다. 릴리는 그들을 향해 힘차게 달려간다.

론 삼촌. 론 삼촌!!!

론이 그들을 돌아보자 릴리는 쏜살같이 론에게로 달
려간다. 론은 릴리를 안아 올린다.

론   포터 가족 중에 내가 제일 좋아하는 녀석이로구나.

릴리   오늘은 뭘 보여 주실 거예요?

론   위즐리 형제의 위대하고 위험한 장난감 가게가 인증
한 '코를 없애는 입 냄새'라고 알아?

로즈   엄마! 아빠가 그 유치한 거 또 하려나 봐.

헤르미온느   너한테는 유치하고, 아빠한테는 자랑스럽고, 엄마
한테는…… 반반이야.

론   잠깐만. 먼저 이렇게…… 공기를 씹어 먹어야 해. 그
다음엔 아주 간단하지……. 혹시 마늘 냄새가 살짝
난다면 미안…….

론은 릴리의 얼굴에 입김을 분다. 릴리가 키득댄다.

릴리   포리지* 냄새 나요.

론   쿵. 쾅. 펑. 꼬마 아가씨, 이제 냄새를 전혀 못 맡게 될 겁니다……

론은 릴리의 코를 떼는 시늉을 한다.

릴리   내 코 어디 갔지?

론   짜잔!

론의 손에는 아무것도 없다. 조잡한 장난이다. 모두 가 그 조잡함을 즐긴다.

릴리   바보 같아.

알버스   사람들이 또 우리를 쳐다보기 시작해요.

론   나 때문이야! 내가 너무 유명하거든. 내 코 실험은 전설적이란다!

헤르미온느   확실히 좀 별나긴 하지.

해리   주차는 잘했어?

론   응. 헤르미온느는 내가 머글의 운전면허 시험을 통

* 귀리를 빻아 물이나 우유에 넣고 끓인 죽으로, 영국에서 아침식사로 많이 먹는다.

26

과하지 못할 줄 알았나 봐. 안 그래? 내가 시험관한테 혼돈 마법을 써야 한다고 생각했을 거야.

헤르미온느 그런 생각은 눈곱만큼도 안 했거든. 난 자기를 완전히 믿으니까.

로즈 난 아빠가 시험관한테 혼돈 마법을 썼다고 완전히 믿는답니다.

론 야!

알버스 아빠…….

알버스가 해리의 로브를 잡아당긴다. 해리는 아이를 내려다본다.

아빠도 그렇게 생각해요? 혹시 내가…… 혹시 내가 슬리데린에 들어갈 수도…….

해리 그럼 어때서?

알버스 슬리데린은 뱀과 어둠의 마법으로 유명한 기숙사니까……. 용감한 마법사들이 가는 곳은 아니잖아요.

해리 알버스 세베루스, 넌 호그와트 역대 교장 두 분의 이름을 물려받았어. 그중 한 분은 슬리데린 출신이었는데, 아빠가 아는 사람 중 가장 용감한 분이셨단다.

알버스 그래도 만약…….

해리   네가, *네가* 그렇게 신경 쓰인다면 기숙사 배정 모자
가 네 마음을 고려해 줄 거야.

알버스   정말요?

해리   아빠한텐 그랬거든.

해리로선 처음 입 밖에 낸 이야기이다. 잠시 그 일이
머릿속을 맴돈다.

호그와트가 알아서 널 이끌어 줄 거야, 알버스. 정말
이야. 하나도 겁낼 필요 없어.

제임스   (날카롭게) 세스트럴은 예외야. 세스트럴은 조심해
야 해.

알버스   그건 안 보이는 줄 알았는데!

해리   제임스 얘기는 듣*지* 말고 교수님들 말씀 잘 들어. 즐
기는 것도 잊지 말고. 자, 이제 기차 놓치고 싶지 않
으면 어서 타야지…….

릴리   나 기차 쫓아갈래.

지니   릴리, 그대로 다시 돌아오렴.

헤르미온느 로즈. 네빌한테 우리 사랑 전해 주는 거 잊지 마.

로즈   엄마, 어떻게 교수님한테 사랑을 전해요!

로즈는 기차를 타기 위해 퇴장한다. 알버스가 로즈를 따라가려다 뒤로 돌아 마지막으로 한 번 더 지니와 해리를 껴안는다.

알버스 이제 그만 갈게요.

알버스가 기차에 오른다. 헤르미온느와 지니, 론, 해리는 기차를 지켜보며 서 있다. 승강장에 기적 소리가 울려 퍼진다.

지니 애들 괜찮겠지?

헤르미온느 호그와트는 어마어마한 학교잖아.

론 크지. 멋지고. 먹을 것도 많고. 난 거기로 돌아갈 수만 있다면 뭐든 내놓을 수 있어.

해리 이상하게 알버스 녀석은 슬리데린으로 가게 될까 봐 걱정하네.

헤르미온느 그 정도는 아무것도 아니야. 로즈는 1, 2학년 때 퀴디치 기록을 깰 수 있을지 없을지, 표준 마법사 시험(O.W.L., Ordinary Wizarding Levels)은 얼마나 일찍 치를 수 있을지 아주 안달복달이야.

론 누굴 닮아 그렇게 야망이 큰지 정말 모르겠다니까.

지니   자긴 어떨 것 같아, 해리? 만약 알버스가…… 그렇
            게 된다면?

론   있잖아, 지니. 사실은 예전에 우리도 네가 슬리데린
            으로 배정받을지 모른다고 생각했었어.

지니   뭐?

론   솔직히 말하면 프레드 형하고 조지 형이 내기를 했
            었지.

헤르미온느   그만 갈까? 알잖아. 사람들이 자꾸 쳐다봐.

지니   세 사람이 함께 있으면 늘 주목을 받지. 따로 있어도
            그렇고. 사람들이 항상 셋을 쳐다보잖아.

            네 사람은 퇴장한다. 지니가 해리를 멈춰 세운다.

            해리…… 알버스 괜찮겠지?

해리   당연히 괜찮지.

1막 3장

호그와트 급행열차

알버스와 로즈가 객차를 따라 걸어간다. 한 사람은 잔뜩 겁을 먹었고 또 한 사람은 몹시 들떠 있다.

간식거리를 파는 '간식 카트 마법사'가 맞은편에서 카트를 밀며 다가온다.

간식 카트 마법사 애들아, 뭐 좀 먹지 않을래? 호박 파이 어때? 개구리 초콜릿은? 솥단지 케이크도 있는데?

로즈 (알버스가 애정 어린 눈으로 개구리 초콜릿을 바라보는 모습을 발견하고) 알버스. 우린 집중해야 해.

알버스 어디에 집중하라는 거야?

로즈 친구를 고르는 일. 우리 엄마 아빠도 처음 호그와트 급행열차를 탔을 때 너의 아빠와 만났으니까…….

알버스   그러니까 우리도 평생 함께할 친구를 지금 골라야 한다고? 좀 무서운데.

로즈   무섭긴. 아주 신나는 일이지. 난 그레인저위즐리고 넌 포터잖아. 다들 우리랑 친구가 되고 싶을 거야. 우린 원하는 사람을 고르기만 하면 돼.

알버스   그런데 어떻게 결정하지? 어느 칸에 들어갈지…….

로즈   전부 다 보고 점수를 매긴 뒤에 결정해야지.

알버스가 어느 객실의 문을 열고 안을 들여다본다. 텅 빈 객실 안에 금발의 아이가 혼자 앉아 있다. 스코피어스다. 알버스는 미소를 짓는다. 스코피어스도 미소로 답한다.

알버스   안녕. 혹시 여기…….

스코피어스   아무도 없어. 나뿐이야.

알버스   잘됐다. 우리 잠깐만 앉았다 가도 될까? 괜찮다면?

스코피어스   괜찮아. 안녕.

알버스   알버스. 알. 나는…… 내 이름은 알버스야…….

스코피어스   안녕, 스코피어스. 아니, *내*가 스코피어스라고. 넌 알버스지. 난 스코피어스야. 그럼 넌…….

로즈의 얼굴이 갈수록 차갑게 굳어 간다.

로즈   난 로즈야.

스코피어스   안녕, 로즈. 피징 위즈비 먹을래?

로즈   괜찮아. 아침 먹고 왔거든.

스코피어스   쇼코촉이랑 후추 도깨비, 민달팽이 젤리도 있어. 엄
마가 챙겨 줬지. 우리 엄마 생각인데. (노래를 부른
다) "단것들은 언제나 친구를 사귀는 데 도움이 되
지." (노래를 부른 것이 실수였다는 사실을 깨닫는다) 아
무래도 멍청한 생각 같다.

알버스   난 먹을래······. 우리 엄만 단것을 못 먹게 하시거든.
뭐부터 먹는 게 좋을까?

로즈가 스코피어스의 시선을 피해 알버스를 탁 하고
때린다.

스코피어스   간단해. 난 예전부터 후추 도깨비를 간식의 왕으로
쳤거든. 먹으면 귀에서 연기가 나는 박하사탕이야.

알버스   굉장하다. 그럼 그것부터 먹어야— (로즈가 또 그를
때린다) 로즈, 그만 좀 때릴 수 없어?

로즈   내가 언제 때렸다고.

알버스   계속 때리고 있잖아. 아프단 말이야.

스코피어스의 얼굴이 침울해진다.

스코피어스   나 때문에 때리는 거야.

알버스   뭐?

스코피어스   그게, 난 너희가 누군지 알아. 그러니까 너희도 내가 누군지 알아야 공평하겠지.

알버스   내가 누군지 안다니, 그게 무슨 말이야?

스코피어스   넌 알버스 포터잖아. 얘는 로즈 그레인저위즐리. 난 스코피어스 말포이야. 우리 부모님은 애스토리아 말포이와 드레이코 말포이지. 너희 부모님과 우리 부모님은 사이가 좋지 않았잖아.

로즈   그 정도 표현으로는 부족하지. 네 엄마 아빠는 죽음을 먹는 자들이잖아!

스코피어스   (분한 듯이) 아빠는 그랬지. 하지만 엄마는 아니야.

로즈는 시선을 피한다. 스코피어스는 그 이유를 알고 있다.

어떤 소문인지 나도 아는데, 그건 사실이 아니야.

알버스는 불편해하는 로즈를 보다가 절망에 빠진 스
코피어스에게로 눈을 돌린다.

알버스　　　어떤…… 소문이 도는데?

스코피어스　우리 부모님이 아이를 가질 수 없었다는 소문. 그런
데 아빠랑 할아버지는 말포이 가문의 대가 끊어지지
않도록 막강한 후계자를 간절히 원했고, 그래서 결
국…… 타임 터너를 이용해 우리 엄마를 과거로 보
냈다는—

알버스　　　엄마를 어디로 보내?

로즈　　　　쟤가 볼드모트의 아들이라는 소문이야, 알버스.

불쾌하고 불편한 침묵이 흐른다.

아마 말도 안 되는 얘기일 거야. 내 말은…… 봐, 넌
코가 있잖아.

긴장이 조금 풀어지고 스코피어스는 웃음을 터트린
다. 눈물겹게 고마워하는 웃음이다.

스코피어스　게다가 내 코는 우리 아빠랑 똑같아! 코도 닮았고 머

35

리색도 똑같고 성도 똑같아. 그것도 별로 좋은 일은 아니지만. 사실 난…… 아빠하고 문제가 좀 있거든. 하지만 이런 거 저런 거 다 따져 봐도 어둠의 왕의 아들이 되느니 말포이 집안의 자손이 되겠어.

스코피어스와 알버스가 눈빛을 교환한다. 두 사람 사이에 무언가가 오간다.

로즈　　그래, 어쨌든 우린 이만 다른 자리를 찾아봐야겠다. 가자, 알버스.

알버스는 골똘히 생각한다.

알버스　　아니, (로즈의 시선을 피하며) 난 됐어. 혼자 가…….

로즈　　알버스, 난 널 기다려 주지 않을 거야.

알버스　　그럴 거라 기대하지도 않아. 어쨌든 난 그냥 여기 있을래.

로즈는 잠시 알버스를 보다가 객실에서 나간다.

로즈　　좋아!

스코피어스와 알버스는 서로를 바라보며 서먹하게
남아 있다.

스코피어스 고마워.

알버스 아냐. 아냐. 그럴 것 없어. 네가 아니라 네 사탕 때문
에 남아 있는 거거든.

스코피어스 쟤 좀 무섭다.

알버스 응. 미안.

스코피어스 아냐. 난 마음에 드는데. 넌 어떤 이름이 더 좋아?
알버스 아니면 알?

스코피어스가 빙긋 웃으며, 사탕 두 개를 꺼내 입안
에 휙 넣는다.

알버스 (생각하며) 알버스.

스코피어스 (귀에서 연기를 뿜어내며) **내 사탕 때문에 남아 줘서
고마워, 알버스!**

알버스 (웃으며) 우아.

1막 4장

시간의 변천을 보여 주는 장면

이제 우리는 끊임없이 시간이 변하는 비현실적인 세계로 들어 간다. 이 장면은 마법 그 자체이다.

다른 여러 세계를 오갈 때마다 변화는 빠르게 일어난다. 독립적 인 장면이 아니라 지속적인 시간의 흐름을 보여 주는 파편들, 조각들로 구성된다.

처음에는 호그와트 마법학교 내부, 대연회장에서 시작된다. 모 두가 알버스 주위를 춤추듯 맴돌고 있다.

폴리 채프먼 알버스 포터래.

칼 젱킨스 포터 집안의 아이가 우리 학년에 들어왔어.

얀 프레더릭스 머리칼이 닮았네. 그와 머리칼이 똑같아.

로즈 내 사촌이야. (아이들이 돌아보자) 난 로즈 그레인저위즐리고. 만나서 반갑다.

　　각자 배정받은 기숙사로 달려가는 학생들 사이를 기
　　숙사 배정 모자가 걸어 다니고 있다.
　　곧 이 모자는 로즈에게 다가가는 듯 보인다. 로즈는
　　자신의 운명을 기다리며 잔뜩 긴장하고 있다.

기숙사 배정 모자 나는 수백 년 동안 이 일을 해 왔지.
　　모든 학생의 머리에 일일이 올라앉아
　　그들의 생각을 일일이 분류했지.
　　나는 유명한 기숙사 배정 모자니까.

　　이리로 보낼까 저리로 보낼까
　　좋을 때나 나쁠 때나 이 일을 해 왔지.
　　그러니 나를 써 봐, 곧 알게 될 거야.
　　어느 기숙사로 들어가야 하는지…….
　　로즈 그레인저위즐리.

　　모자가 로즈의 머리 위에 올라앉는다.

그리핀도르!

로즈가 합류하자 그리핀도르 학생들은 환호성을 올린다.

로즈   덤블도어, 감사합니다.

스코피어스가 기숙사 배정 모자의 눈총을 받으며 로즈가 있던 자리로 달려온다.

기숙사 배정 모자 스코피어스 말포이.

모자가 스코피어스의 머리 위에 올라앉는다.

슬리데린!

이렇게 나올 줄 이미 예상한 스코피어스는 고개를 끄덕이며 희미하게 미소를 짓는다. 슬리데린 학생들은 스코피어스가 합류하자 환호성을 지른다.

폴리 채프먼 뭐, 당연히 그렇겠지.

알버스가 재빠르게 무대 앞쪽으로 걸어 나온다.

기숙사 배정 모자 알버스 포터.

> 모자가 알버스의 머리 위에 올라앉는다. 이번에는
> 좀 더 오래 걸린다. 모자 역시 헷갈리는 듯 보인다.

슬리데린!

> 침묵이 흐른다.
> 깊고 완전한 침묵이다.
> 묵직하게 내려앉는 침묵, 조금은 뒤틀리고 조금은
> 상처받은 침묵이다.

폴리 채프먼 슬리데린?

크레이그 보커 2세 이야! 포터 집안 아이가 슬리데린이라고?

> 알버스는 어정쩡한 얼굴로 앞을 내다본다. 스코피어
> 스는 기쁨에 겨워 미소 지으며 알버스에게 소리친다.

스코피어스 내 옆으로 와!

알버스 (몹시 혼란스러워하며) 그래. 좋아.

얀 프레더릭스 그러고 보니 머리칼도 별로 닮지 않은 것 같네.

로즈 알버스? 뭔가 잘못됐어, 알버스. 이럴 리가 없잖아.

어느새 후치 선생이 비행 수업을 하고 있다.

후치 선생 왜들 그러고 있는 거지? 다들 빗자루 옆에 서거라. 자, 어서.

아이들 모두 서둘러 빗자루 옆에 자리를 잡는다.

빗자루 위로 두 손을 내밀고 "위로!"라고 말해라.

모두 **위로!**

로즈와 얀의 빗자루가 그들의 손안으로 들어온다.

로즈와 얀 됐어!

후치 선생 자, 어서. 꾸물댈 시간이 없어. **"위로"**라고 말해. 마음을 담아서 **"위로"**.

모두 (로즈와 얀을 제외하고) **위로!**

스코피어스의 빗자루를 포함해 모든 아이의 빗자루가 떠오른다. 알버스의 빗자루만 바닥에 그대로 남아 있다.

모두   (로즈와 얀과 알버스를 제외하고) **됐어!**

알버스   위로. **위로. 위로.**

알버스의 빗자루는 꼼짝도 하지 않는다. 단 1밀리미터도 움직이지 않는다. 알버스는 믿기지 않는 현실에 좌절하며 빗자루를 노려본다. 다른 아이들이 키득거린다.

폴리 채프먼   아, 멀린의 턱수염 같으니, 창피해라! 재는 정말 자기 아빠를 하나도 안 닮은 것 같지 않아?

칼 젱킨스   알버스 포터, 슬리데린 스큅이지.

후치 선생   자, 얘들아. 이제 날아 보자.

갑자기 알버스 옆에 해리가 나타나고 증기가 퍼져온 무대를 뒤덮는다. 이곳은 다시 9와 4분의 3번 승강장. 시간이 속절없이 흘렀다. 알버스는 이제 한 살더 먹었다. (해리도 그렇지만 확연히 티가 나지 않는다)

알버스   아빠, 부탁이 있는데 저랑…… 조금만 떨어져 있어

주세요.

해리　(재미있어하며) 2학년이 되니까 아빠랑 꼭 붙어 있는
게 싫으니?

　　　　한 마법사가 유난히 열의를 보이며 두 사람의 주위를
　　　　맴돌기 시작한다.

알버스　아뇨. 그냥, 아빠는 *아빠*고 난 나니까⋯⋯.

해리　사람들이 쳐다봐서 그러는구나? 사람들은 원래 쳐
다봐. 그리고 나를 보는 거야. 네가 아니고.

　　　　유난히 열의를 보이던 마법사가 해리에게 사인을 해
　　　　달라고 무언가를 내민다. 해리는 사인을 해 준다.

알버스　해리 포터와 그의 실망스러운 아들을 보는 거죠.

해리　그게 무슨 말이야?

알버스　해리 포터와 그의 슬리데린 아들을 보는 거예요.

　　　　제임스가 가방을 들고 알버스와 해리 곁을 쏜살같이
　　　　지나간다.

제임스   스멀스멀 슬리데린아, 그만 미적거리고 어서 기차에 타.

해리   제임스, 쓸데없는 소리.

제임스   (이미 저만치 가 버렸다) 크리스마스에 봬요, 아빠.

해리는 걱정스러운 얼굴로 알버스를 본다.

해리   알…….

알버스   제 이름은 알버스예요. 알이 아니고.

해리   다른 애들이 못되게 구니? 그래서 그래? 친구를 좀 더 사귀려고 노력했어야지. 아빤 헤르미온느와 론이 없었더라면 호그와트에서 견디지 못했을 거야. 아예 살아남지 못했을걸.

알버스   저한텐 론 삼촌과 헤르미온느 숙모 같은 친구가 필요 없어요. 저도…… 저도 친구가 있다고요. 스코피어스 말이에요. 아빠가 그 앨 좋아하지 않는 거 알지만 전 그 애만 있으면 돼요.

해리   그래. 네가 행복하다면 아빠는 그걸로 됐어.

알버스   역까지 데려다주실 필요 없었어요, 아빠.

알버스는 트렁크를 집어 들고 매몰차게 가 버린다.

해리　　하지만 아빠가 오고 싶었어…….

그러나 알버스는 가고 없다. 그때, 완벽하게 말끔한
로브를 걸치고 금색의 머리칼을 단정히 묶은 드레이
코 말포이가 사람들 틈에서 나타나 해리 옆에 선다.

드레이코　부탁이 있어.

해리　　드레이코.

드레이코　소문 말이야. 내 아들의 혈통에 관한 소문. 도무지
수그러들 것 같지 않아. 호그와트 아이들이 그걸로
스코피어스를 괴롭힌다고. 혹시 마법 정부에서 미
스터리 부서 전투 때 타임 터너들이 전부 파괴됐다
고 공표해 준다면…….

해리　　드레이코, 그냥 내버려 둬. 다들 금방 잊을 거야.

드레이코　내 아들이 힘들어해. 요즘 애스토리아의 건강도 좋
지 않고. 어떻게든 그 녀석을 도울 방법이 필요해.

해리　　반응할수록 소문은 더 무성해지는 법이야. 볼드모
트에게 자식이 있다는 소문은 몇 년 전부터 돌았잖
아. 스코피어스 이전에도 볼드모트의 자식이라고
의심받은 사람들이 있었어. 마법 정부가 개입하는
건 좋지 않아. 자네뿐만 아니라 우리 모두를 위해서

말이야.

> 드레이코는 화가 난 듯 인상을 쓴다. 그사이 무대가 비워지고 이제 로즈와 알버스가 각자의 가방을 갖고 대기하고 있다.

알버스   기차가 출발하면 나랑 말 안 해도 돼.

로즈   알아. 어른들 앞에서만 연기하면 되잖아.

> 스코피어스가 달려온다. 부푼 기대와 그보다 더 큰 짐 가방을 끌며.

스코피어스   (희망에 찬 얼굴로) 안녕, 로즈.

로즈   (단호하게) 잘 가, 알버스.

스코피어스   (여전히 희망에 찬 얼굴로) 좀 부드러워졌네.

> 갑자기 무대가 대연회장으로 바뀌고 맥고나걸 교수가 얼굴에 미소를 띤 채 대연회장 앞쪽에 서 있다.

맥고나걸 교수   그리핀도르의 퀴디치 신입 팀원을 발표하게 돼서 정말 기쁘군요. 우리 팀…… (한쪽으로 치우쳐선 안 된

다는 사실을 문득 깨닫고) 아니, 그리핀도르 팀의 뛰어
난 신입 추격꾼, 로즈 그레인저위즐리입니다.

대연회장 안에 환호성이 터진다. 스코피어스도 다른
학생들과 함께 손뼉을 친다.

알버스   너도 손뼉 쳐 주는 거야? 우리는 퀴디치 싫어하잖
아. 게다가 로즈는 다른 기숙사 선수라고.

스코피어스   네 사촌이잖아, 알버스.

알버스   로즈가 나한테 손뼉 쳐 줄 것 같아?

스코피어스   로즈는 멋진 애인 것 같아.

갑자기 마법약 수업이 시작되고 학생들이 또다시 알
버스 주위를 에워싼다.

폴리 채프먼   알버스 포터. 쟨 정말 별종이야. 쟤가 계단을 오를
때는 초상화들도 고개를 돌린다니까.

알버스는 마법약 위로 몸을 숙이고 있다.

알버스   이제…… 바이콘의 뿔을 넣는 건가?

칼 젱킨스   쟤랑 볼드모트 아들은 저희끼리 놀게 내버려 둬.

알버스   도롱뇽의 피를 약간 넣고······.

마법약에서 커다란 소리가 나며 폭발한다.

스코피어스   이런. 넣으면 안 되는 재료가 뭐였지? 우리가 뭘 바꿔야 할까?

알버스   전부 다.

알버스의 말과 함께, 계속해서 시간이 흐른다. 알버스의 눈은 점점 더 어두워지고 얼굴빛도 누르스름하게 변한다. 여전히 매력적인 소년이지만 스스로 그 사실을 인정하려 들지 않는다.

어느새 그가 다시 9와 4분의 3번 승강장에 아빠와 함께 서 있다. 그의 아빠는 여전히 다 괜찮을 거라고 아들을 (그리고 스스로를) 설득하려 애쓴다. 둘 다 나이를 한 살 더 먹었다.

해리   3학년. 중요한 학년이지. 이건 네 호그스미드 방문 허가서야.

알버스   난 호그스미드가 싫어요.

해리   어떻게 가 보지도 않은 곳을 싫어할 수 있지?

알버스   거긴 호그와트 아이들이 가득할 테니까요.

알버스는 허가서를 구긴다.

해리   한번 가 봐. 그러지 말고. 네 엄마 몰래 허니듀크스
              에서 마음껏 즐길 수 있는 기회잖아. 아니, 그건 아
              니다, 알버스. 그럼 안 되지.

알버스   (지팡이로 겨누며) 인센디오!

종이 뭉치에 불이 붙어 무대 위로 떠오른다.

해리   이게 무슨 바보 같은 짓이야!

알버스   아이러니하게도 진짜 성공할 줄은 몰랐어요. 이 마
              법은 잘 못하거든요.

해리   알, 아니, 알버스. 아빠 그동안 맥고나걸 교수님과
              부엉이를 주고받았어. 교수님 말씀이, 네가 아이들
              하고 잘 어울리지도 않고…… 수업 시간에 비협조적
              인 데다…… 버릇이 없고, 또…….

알버스   그래서 저더러 어쩌라고요? 인기를 얻게 마법이라
              도 부릴까요? 주문을 걸어 기숙사를 옮길까요? 좀

더 괜찮은 학생으로 변신이라도 하라는 거예요? 그
냥 아빠가 마법을 걸어서 저를 원하는 사람으로 바
꾸면 되겠네요. 안 그래요? 아빠를 위해서나 저를
위해서나 그게 더 낫겠어요. 그만 갈게요. 기차 놓쳐
요. 친구도 기다리고요.

　　알버스는 짐 가방 위에 앉아 있는 스코피어스에게로
　　달려간다. 스코피어스는 망연자실한 얼굴이다.

(기뻐하며) 스코피어스…….
(걱정스러워하며) 스코피어스…… 무슨 일 있어?

　　스코피어스는 아무 말도 하지 않는다. 알버스는 친
　　구의 눈빛을 살핀다.

엄마 때문이야? 더 나빠지셨어?
스코피어스　이젠 더 나빠질 수도 없어.

　　알버스는 스코피어스 옆에 앉는다.

알버스　나한테 부엉이를 보낼 줄 알았는데…….

스코피어스 뭐라고 써야 할지 모르겠더라고.

알버스 나도 뭐라고 해야 할지 모르겠다…….

스코피어스 아무 말도 하지 마.

알버스 내가 해 줄 거라도……?

스코피어스 장례식에 와 줘.

알버스 가야지.

스코피어스 그리고 좋은 친구가 되어 줘.

갑자기 기숙사 배정 모자가 무대 한가운데에 있고 무대는 다시 대연회장으로 돌아온다.

기숙사 배정 모자 어떤 말을 듣게 될까 두렵지?

원치 않는 이름을 듣게 될까 봐 무섭지?

슬리데린 싫어! 그리핀도르 싫어!

후플푸프 싫어! 래번클로 싫어!

걱정 마라, 애야. 난 내 일을 잘 아는걸.

처음엔 울어도 결국 웃게 될 거야.

릴리 포터. **그리핀도르!**

릴리 좋았어!

알버스 잘됐네.

스코피어스 릴리가 정말 우리한테 올 거라고 생각했어? 포터 가문은 슬리데린과 어울리지 않아.

알버스   여기 한 사람 있잖아.

알버스가 뒤쪽으로 몸을 숨기려 하지만, 다른 학생들이 웃음을 터트린다. 알버스는 다른 학생 모두를 올려다본다.

내가 선택한 게 아니잖아? 내가 원해서 아빠의 아들이 된 게 아니라고.

1막 5장

마법 정부, 해리의 사무실

헤르미온느가 어지러운 해리의 사무실에 앉아 있다. 그녀 앞에는 서류 더미들이 쌓여 있다. 그녀는 서류 전부를 천천히 훑어보고 읽어 보며 이해하려 애쓴다. 해리가 황급히 들어온다. 뺨에 생긴 찰과상에서 피가 흐른다. 헤르미온느가 눈을 빛내며 올려다본다.

헤르미온느　어떻게 됐어?

해리　(미소 지으며) 사실이었어.

헤르미온느　시어도어 노트는?

해리　구금됐어.

헤르미온느　타임 터너는?

해리는 타임 터너를 꺼내 보여 준다. 기계 장치가 매혹적인 빛을 발한다. 헤르미온느는 그것을 보고 놀라워한다.

이거 진짜야? 정말 작동해? 한두 시간만 되돌리는 게 아니라 더 전으로도 돌아갈 수 있어?

해리　아직 아무것도 몰라. 그 자리에서 시험해 보고 싶었지만 다행히 현명한 판단을 내렸지.

헤르미온느　어쨌든 이젠 우리 손에 들어왔네.

해리　정말 갖고 있을 생각이야?

헤르미온느　선택의 여지가 없는 것 같은데. 잘 봐. 내가 예전에 갖고 있던 거랑 완전히 다르잖아.

해리　(건조하게) 우리 어릴 때와 비교하면 마법 세계의 기술이 많이 발전했지.

헤르미온느　피가 나네.

해리는 거울로 얼굴을 확인한다. 로브로 상처를 누른다.

걱정 마. 흉터하고 잘 어울릴 거야.

해리　(빙긋 웃으며) 내 방엔 어쩐 일이야, 헤르미온느?

헤르미온느   시어도어 노트 일이 궁금해서 참을 수가 있어야지. 그래서 네가 약속을 잘 지키고 있나, 서류를 제대로 처리하고 있나 확인해 볼 겸 들렀어.

해리   아. 그러진 못했어.

헤르미온느   그래, 그렇네. 해리, 이렇게 어지러운 곳에서 어떻게 업무를 봐?

해리가 지팡이를 흔들자 서류와 책 들이 차곡차곡 쌓여 깔끔한 더미로 바뀐다. 해리는 미소 짓는다.

해리   이제 어지럽지 않지.

헤르미온느   하지만 여전히 방치하고 있지. 그나저나 여기 흥미로운 소식들이 있던데……. 산트롤들이 그래폰을 타고서 헝가리를 가로지르고, 등에 날개 문신을 한 거인들이 걸어서 그리스 바다를 건너고, 늑대인간들이 지하로 완전히 들어가 버린 데다—

해리   좋아, 그럼 가 보자. 내가 팀을 꾸릴게.

헤르미온느   해리, 무슨 말인지 알겠다. 서류 작업은 지루한 거지…….

해리   너한텐 아니잖아.

헤르미온느   난 내 서류를 처리하기도 바빠. 트롤이나 거인, 늑대

인간 들은 마법 세계에 큰 전쟁이 있을 때마다 볼드모트 편에서 싸웠잖아. 그들은 어둠의 동맹들이라고. 게다가 우리가 방금 전에 시어도어 노트의 집에서 찾아낸 물건을 생각해 봐. 심상치 않은 일일 수도 있어. 그런데 마법 사법부의 수장이라는 사람이 서류도 들춰 보지 않고……

해리   읽을 필요가 없어. 현장에 나가면 다 듣는다고. 시어도어 노트 건만 해도 그래. 타임 터너에 관한 소문을 들은 사람도 나고, 바로 조치를 취한 사람도 나야. 그렇게 야단칠 일이 아니라니까.

    헤르미온느가 해리를 본다. 까다로운 문제다.

헤르미온느   토피 먹을래? 론한텐 얘기하지 마.

해리   말 돌리기는.

헤르미온느   그래, 맞아. 토피 먹을 거야?

해리   안 돼. 우리는 당분간 설탕 끊기로 했어.

    휴지(休止).

그거 중독성 있는 거 알아?

헤르미온느 어쩌겠어? 우리 부모님이 치과 의사였잖아. 언젠가는 반항할 수밖에 없는 운명이었지. 마흔이 돼서 그러는 건 좀 늦은 감이 있지만. …… (친구에게 미소 지으며) 사실, 넌 방금 대단한 일을 했어. 야단치는 건 절대 아니야. 그냥 가끔은 서류도 좀 들춰 보라는 얘기야. *마법 정부 총리의*…… (해리가 쏘아본다) 부드러운 권유로 생각해 줘.

해리는 헤르미온느가 '마법 정부 총리'를 강조하는 이유를 알고 있다. 해리가 고개를 끄덕인다.

지니는 어때? 알버스는?

해리 아빠로서의 내 성적은 딱 서류 처리 수준인 것 같아. 로즈는 어때? 휴고는?

헤르미온느 (빙긋 웃으며) 사실, 론은 내가 자기보다 내 비서 에셜을 (무대 밖을 가리키며) 더 오래 보는 것 같대. 우리가 선택을 할 수 있을까? 올해의 부모가 될 것인가, 올해의 마법 정부 관리가 될 것인가를. 그만 가 봐. 가족한테 가 보라고, 해리. 곧 호그와트 급행열차가 떠나고 신학기가 시작되잖아. 남은 시간이라도 잘 보내. 그런 다음 맑은 정신으로 돌아와서 이 서류들 좀 읽고.

해리   정말 그런 것들이 심상치 않은 징조라고 생각해?

헤르미온느 (미소를 지으며) 그럴 수도 있어. 하지만 그렇다 해도 우린 맞서 싸울 방법을 찾겠지, 해리. 늘 그랬잖아.

> 헤르미온느는 한 번 더 미소를 지어 주고 토피 한 알을 까 입에 넣은 다음, 사무실을 나간다. 해리는 혼자 남는다. 그는 가방을 싼다. 해리가 사무실을 나가 복도를 걸어간다. 세상의 무게가 어깨를 짓누르는 듯하다.
>
> 그가 지친 모습으로 공중전화 박스에 들어선다. 그러곤 62442를 누른다.

공중전화 박스 안녕히 가십시오, 해리 포터.

> 해리는 마법 정부에서 나와 위로 올라간다.

1막 6장

해리와 지니 포터의 집

알버스는 잠을 이루지 못한다. 그는 계단 꼭대기에 앉아 있다. 아래층에서 사람들의 목소리가 들려온다. 해리가 등장하기 전에 그의 목소리부터 들린다. 휠체어를 탄 노인이 그와 함께 있다. 에이머스 디고리이다.

해리   디고리 어르신, 이해합니다. 정말이에요. 하지만 저는 지금 막 집에 들어왔고…….

에이머스   마법 정부에 연락해 약속을 잡으려 했지. 그런데 그쪽에서 "아이고, 디고리 씨. 어디 보자…… 두 달 뒤로 잡아 드릴게요" 이러질 않나. 그래서 기다렸어. 아주 참을성 있게 말이야.

해리   ……이렇게 한밤중에 집으로 찾아오시면 안 되죠.

애들 개학이라 한창 준비 중인데요.

에이머스 두 달이 지나니까 부엉이가 오더군. "디고리 씨, 대
단히 죄송합니다만 포터 씨께서 급한 용무로 자리를
비워 일정을 조금씩 조정해야 할 것 같습니다. 약속
을 다시 잡아도 될까요? 어디 보자…… 두 달 뒤가
좋겠군요." 그런 상황이 몇 번이나 되풀이됐는지 몰
라……. 자넨 날 피하고 있어.

해리 그럴 리가요. 그보다는 제가 마법 사법부를 맡고 있
다 보니 책임이—

에이머스 자네가 책임질 일이 한두 가지가 아니지.

해리 네?

에이머스 내 아들 세드릭 말이야. 세드릭 기억하지?

해리 (세드릭을 떠올리자 마음이 아프다) 네, 아드님 기억하
죠. 그를 잃은 건—

에이머스 볼드모트가 원한 건 **자네**였어! 내 아들이 아니었지!
자네가 나한테 직접 얘기했잖아. 그자가 이렇게 말
했다고. "나머지는 죽여라." 나머지라니. 내 아들,
내 소중한 아들은 나머지였어.

해리 어르신, 아시다시피 저도 어르신이 세드릭을 추모하
고 싶어 하시는 마음은 충분히 이해합니다만…….

에이머스 추모? 난 추모 따위엔 관심 없네. 이제 그런 건 됐

어. 난 늙었어. 살날이 얼마 남지 않았다고. 난 자네한테 그 아이를 되찾아 달라고 부탁하러 왔네. 아니, 애원하러 왔지.

해리는 깜짝 놀라 고개를 든다.

해리   되찾아 달라고요? 어르신, 그건 불가능합니다.

에이머스   마법 정부에 타임 터너가 있지 않은가?

해리   타임 터너는 모두 파괴되었어요.

에이머스   내가 이렇게 급하게 찾아온 건 소문 때문이야. 꽤 믿을 만한 소문이던데. 마법 정부가 시어도어 노트의 불법 타임 터너를 압수해 보관하고 있다더군. 조사한다는 명목으로. 내가 그 타임 터너를 쓰게 해 주게. 내 아들을 되찾게 해 줘.

길고 지독한 휴지. 해리에겐 지금 이 상황이 너무도 어렵다. 알버스가 점점 더 몸을 기울이며 해리와 에이머스의 대화를 엿듣는다.

해리   어르신, 과거에 손을 대시겠다고요? 그래선 안 된다는 거 아시잖아요.

에이머스 그 '살아남은 아이' 때문에 얼마나 많은 사람이 죽었나? 그중 한 명만 되찾아 달라는데.

에이머스의 말에 해리는 괴로워진다. 해리는 굳은 얼굴로 생각에 잠긴다.

해리 무슨 얘기를 들으셨는지 모르겠지만 시어도어 노트 이야기는 사실이 아닙니다, 어르신. 죄송합니다.

델피 안녕.

알버스는 델피를 보고 깜짝 놀라 펄쩍 뛰다시피 한다. 단호하면서도 교활해 보이는 20대가 계단에서 알버스를 쳐다보고 있다. 델피다.

어머, 미안. 놀라게 할 생각은 없었어. 나도 예전에 계단에서 많이 엿들어 봤거든. 거기 앉아서 말이야. 이렇게 계단에 앉아서 누가 조금이라도 흥미로운 얘기를 털어놓길 기다리곤 했지.

알버스 누구세요? 여긴 우리 집인데…….

델피 그럼 난 도둑이겠네. 네가 가진 걸 몽땅 훔쳐 가려고 왔어. 금이랑 지팡이, 개구리 초콜릿 전부 내놔! (무서운 얼굴을 하다가 미소를 짓는다) 혹은 델피니 디고리일 수도 있고. (계단을 올라와 손을 내밀며) 델피라고 불러 줘. 저분을 돌봐 드리고 있어. (에이머스를 가리킨다) 에이머스 삼촌 말이야. 뭐, 어쨌든 그러려고 노력하고 있지. 넌 누구야?

알버스 (씁쓸하게 웃으며) 알버스예요.

델피 역시! 알버스 포터구나! 그럼 해리 포터가 네 아빠? 좀 굉장한데. 그렇지 않아?

알버스 별로요.

델피 아. 내가 너무 참견했나? 사실, 학교 다닐 때 애들이 나더러 그랬거든. 델피니 디고리는 어디든 디밀고 다닌다고.

알버스 제 이름 갖고도 많이 놀려요.

사이. 델피는 주의 깊게 알버스를 본다.

에이머스 델피.

델피가 가려다가 머뭇거린다. 그녀가 알버스에게 미소를 짓는다.

델피　　우리는 어떤 핏줄로 태어날지 선택할 수 없어. 에이머스 삼촌은 내가 돌보는 환자이기도 하지만 친척이기도 해. 내가 어퍼 플래글리에서 취직한 것도 어느 정도는 그 때문이고. 하지만 그래서 더 힘들어. 과거에 얽매여 있는 사람들과 함께 사는 건 힘든 일이지. 그렇게 생각하지 않니?

에이머스　　델피!

알버스　　어퍼 플래글리라고요?

델피　　'성 오스왈드 마법사회 노인의 집'에서 일해. 언제 한번 놀러 와. 네가 원한다면.

에이머스　　**델피!**

델피는 미소를 짓고는 계단을 내려가다가 발을 헛디뎌 넘어질 뻔한다. 그러곤 에이머스와 해리가 있는 방으로 들어간다. 알버스는 델피를 지켜본다.

델피　　네, 삼촌?

에이머스　　이분은 한때 위대했던 해리 포터라고 한다. 이제는 마법 정부에 들어가 돌처럼 차가운 사람이 됐구나. 이제 평화롭게 해 드리죠, 나으리. 그걸 평화라고 부를 수 있다면 말입니다. 델피, 내 휠체어 좀…….

델피   네, 삼촌.

에이머스는 휠체어를 타고 방을 나간다. 남겨진 해리는 쓸쓸해 보인다. 알버스는 그 모습을 지켜보며 골똘히 생각에 잠긴다.

1막 7장

해리와 지니 포터의 집, 알버스의 방

방문 밖에서는 세상이 끊임없이 돌아가고 있지만 알버스는 자기 침대에 앉아 있다. 소란스러운 바깥세상과 고요한 그의 모습이 대조적이다. (무대 밖에서) 제임스가 고함치는 소리가 들린다.

지니   제임스, 네 머리는 그만 놔두고 저 말도 안 되는 방이나 좀 치워…….

제임스   머리를 어떻게 놔둬요? 분홍색이라고요! 투명 망토를 뒤집어쓰고 다녀야 한다니까요!

        문가에 제임스가 나타난다. 제임스의 머리칼이 분홍색이다.

지니   아빠가 그러라고 투명 망토를 주신 게 아니거든!

릴리   내 마법약 교과서 본 사람?

지니   릴리 포터, 내일 그거 달고 학교에 갈 생각은 하지
        마라······.

        릴리가 알버스의 방문 앞에 나타난다. 나풀거리는
        요정 날개를 달고 있다.

릴리   난 이거 좋은데. 막 나풀거리잖아.

        릴리가 퇴장하고 알버스의 방 문가에 해리가 나타난
        다. 해리가 방 안을 살펴본다.

해리   안녕.

        해리와 알버스 사이에 잠시 어색한 침묵이 흐른다.
        지니가 문가에 나타난다. 지니는 어떤 상황인지 알
        아차리고 잠시 머무른다.

        새 학년 기념 선물을 주러 왔어. 론 삼촌도 선물을
        보냈네······.

알버스 아, 사랑의 묘약요. 알았어요.

해리 장난 같긴 한데…… 무슨 장난인지 모르겠다. 릴리한테는 방귀 뀌는 땅요정들을 보냈고, 제임스한테는 머리카락을 분홍색으로 바꾸는 빗을 보냈어. 론…… 뭐, 론 삼촌이 좀 그렇잖아.

　　해리는 론이 준 사랑의 묘약을 알버스의 침대 위에 올려놓는다.

그리고 이건…… 아빠 선물이야…….

　　해리는 작은 담요를 꺼낸다. 지니가 담요를 본다. 지니는 해리가 애쓰고 있다는 걸 깨닫고서 살그머니 물러간다.

알버스 오래된 담요인데요?

해리 올해는 네게 어떤 선물을 줄까 많이 고민했어. 제임스는, 그러니까 제임스는 아주 오래전부터 투명 망토 노래를 불렀고, 릴리는…… 릴리야 워낙 날개를 좋아하잖니. 하지만 넌…… 알버스, 너도 이제 열네 살이 되었으니 뭔가…… 의미 있는 선물을 주고 싶

었단다. 이건…… 내가 우리 어머니한테서 마지막
으로 받은 물건이야. 어머니한테 받은 유일한 물건
이지. 아빠는 이 담요에 싸인 채로 더즐리네 집 앞에
놓여 있었거든. 영영 없어진 줄 알았는데, 놀랍게도
피튜니아 이모가 돌아가셨을 때 그분의 유품 속에
숨겨져 있었어. 더즐리가 발견해서 자상하게도 나
한테 보내 줬지. 그때부터…… 그래, 나는 행운을 빌
고 싶을 때면 늘 이걸 찾아서 지니고 있으려 했단다.
그래서 혹시 너도…….

알버스   저도 지니고 싶어 하지 않을까 생각하셨다고요? 알
았어요. 알았다고요. 저한테도 행운을 가져다주길
빌어 보죠. 그렇지 않아도 행운이 좀 필요했거든요.

    알버스는 담요를 만져 본다.

그래도 이건 아빠가 갖고 계세요.

해리   내 생각에는…… 피튜니아 이모는 내가 이걸 간직하
길 바라셨던 모양이야. 틀림없어. 그래서 갖고 계셨
던 거겠지. 이젠 네가 물려받았으면 좋겠구나. 나는
내 어머니에 대해서는 아는 게 정말 없지만, 그분도
네가 이걸 간직하길 바라실 것 같구나. 모든 성인의

날* 전야가 되면 내가 이 담요를 보러 너를 찾아가도 좋을 것 같아. 두 분이 돌아가신 날 밤엔 이 담요 곁에 있고 싶거든. 그러면 우리 둘한테도 좋을 것 같고……

알버스   아빠, 저 짐 쌀 게 아직 많이 남았거든요. 아빠도 분명 마법 정부 일이 쌓였을 테니까…….

해리   알버스, 네가 이 담요를 받아 줬으면 좋겠다.

알버스   그걸로 뭘 해요? 요정 날개는 그렇다 쳐요, 아빠. 투명 망토도 나쁘지 않아요. 하지만 이건…… 이런 걸 가지라고요?

　　　　해리는 조금 마음이 상한다. 해리는 아들을 바라보며 자기의 마음이 닿기를 간절히 바란다.

해리   도와줄까? 짐 싸는 거 말이야. 아빠는 짐 싸는 게 그렇게 좋았단다. 짐을 싸면 프리빗가를 떠나 호그와트로 돌아갈 수 있었으니까. 그건 마치…… 하긴, 넌 그렇게 좋아하지 않는다는 거 알지만…….

* 모든 성인의 날은 11월 1일, 핼러윈은 10월 31일이므로 핼러윈을 모든 성인의 날 전야라 부르기도 한다.

알버스	아빠한테는 호그와트가 세상에서 가장 좋은 곳이겠죠. 저도 알아요. 가난한 고아 소년. 더즐리 이모와 이모부에게 구박당하고—
해리	알버스, 제발. 우리 그냥—
알버스	—사촌 더들리에게 쥐어 터지다 호그와트의 구원을 받은 소년. 저도 다 안다고요, 아빠. 어쩌고저쩌고 이러쿵저러쿵.
해리	그런 얘기로 날 자극하려고 하지 마라, 알버스 포터.
알버스	결국 그 가난한 고아 소년이 우리 모두를 구했죠. 그러니까 제가 마법사들을 대표해 한 말씀 드려도 될까요? 우리는 귀하의 영웅적 행위에 얼마나 감사한지 모른답니다. 허리 굽혀 인사드려도 될는지요? 아니, 예를 갖춰 절을 올려야 할까요?
해리	알버스, 그만해— 그러니까 난 절대 감사 인사를 원하지 않았어.
알버스	하지만 지금 제겐 고마운 마음이 넘쳐흐르는걸요. 틀림없이 온정이 가득한 선물을 받았기 때문이겠죠. 이 퀴퀴한 담요 같은…….
해리	퀴퀴한 담요?
알버스	그럼 뭘 기대하셨어요? 와락 껴안으며 저는 늘 아빠를 사랑했다고 말할 줄 아셨어요? 대체 뭘 기대하신

거예요? 뭘요?

해리 (결국 분을 이기지 못하고) 뭐라고? 이젠 네 불행에 책임을 느낄 필요가 없겠구나. 너는 아빠라도 있지. 나는 아빠도 없었어. 알겠니?

알버스 그게 그렇게 안된 일이라고 생각하세요? 전 아닌 것 같은데.

해리 내가 죽었으면 좋겠니?

알버스 아뇨! 단지 아빠가 내 아빠가 아니었으면 좋겠어요.

해리 (얼굴이 붉어지며) 하긴, 나도 가끔은 네가 내 아들이 아니었으면 좋겠다.

정적이 흐른다. 알버스는 고개를 끄덕인다. 사이. 해리는 자신이 무슨 말을 했는지 깨닫는다.

아니, 진심은 아니야…….

알버스 아뇨. 진심이셨겠죠.

해리 알버스, 네가 자꾸 내 속을 긁으니까…….

알버스 진심이셨잖아요, 아빠. 솔직히 그렇다 해도 아빠를 탓하진 않아요.

소름 끼치는 정적이 흐른다.

이제 그만 혼자 있게 해 주세요.

해리   알버스, 제발…….

          알버스는 담요를 집어 던진다. 담요가 론이 보낸 사랑의 묘약과 부딪힌다. 사랑의 묘약이 담요와 침대 위로 쏟아지며 자그마한 연기구름이 피어오른다.

알버스   이제 제겐 행운도, 사랑도 없네요.

          알버스가 방에서 뛰쳐나간다. 해리가 알버스를 뒤쫓아 간다.

해리   알버스, 알버스…… 제발…….

1막 8장

바위 위의 오두막, 꿈

커다란 쾅 소리가 들린다. 그 뒤로 **커다란 쿵** 소리가 이어진다. 더들리 더즐리와 피튜니아 이모, 버넌 이모부가 침대 뒤에 웅크리고 있다.

더들리 더즐리 엄마, 무서워.

피튜니아 이모 여기 오는 게 아니었다니까. 버넌. 버넌. 우린 어디에도 숨을 수가 없어. 등대까지 와서도 피할 수가 없잖아!

또 한 번 **커다란 쾅** 소리가 들린다.

버넌 이모부 가만히 좀 있어 봐. 뭔지는 몰라도 이 안에는 절대

75

못 들어와.

피튜니아 이모 우린 저주받았어! 저 애가 우릴 저주했어! 저 녀석이 우리한테 저주를 내렸다고! (어린 해리를 보며) 다 너 때문이야. 네 자리로 돌아가.

버넌 이모부가 소총을 꺼내자 어린 해리는 몸을 움찔한다.

버넌 이모부 밖에 있는 놈이 누구든 간에 경고하는데, 나는 무장했다.

우당탕 박살 나는 소리가 들린다. 경첩에 붙어 있던 문짝이 떨어져 나간다. 문 한가운데 해그리드가 서 있다. 해그리드가 모두를 본다.

해그리드 차 한잔 주시면 안 되나? 여기까지 오느라 고생 좀 했는데.

더들리 더즐리 저 사람. 좀. 봐.

버넌 이모부 다들 물러서. 어서. 피튜니아, 내 뒤로 가. 더들리 너도. 이 괴수 같은 놈은 내가 해치우지.

해그리드 괴, 뭐요? (버넌 이모부의 총을 집어 든다) 이런 물건은

오랜만에 보는군. (총 끝을 비틀어 실처럼 매듭짓는다) 어이쿠, 이걸 어째. (이때 뭔가에 시선을 빼앗긴다. 어린 해리를 보았다) 해리 포터.

어린 해리   안녕하세요.

해그리드   마지막으로 봤을 땐 조그만 아기였는데. 아빠를 많이 닮았구나. 하지만 눈은 엄마를 빼닮았네.

어린 해리   제 부모님을 아세요?

해그리드   내 정신 좀 봐. 생일을 진심으로 축하한다. 너한테 줄 게 있어. 내가 좀 깔아뭉개긴 했어도 맛은 괜찮을 거야.

해그리드가 외투 안쪽에서 살짝 찌그러진 초콜릿 케이크를 꺼낸다. 케이크 위에는 초록색 아이싱으로 '해피 버스데이 해리'라고 적혀 있다.

어린 해리   누구세요?

해그리드   (웃으며) 아 참, 아직 내 소개를 안 했구나. 난 호그와트의 숲지기 루비우스 해그리드야. (주위를 둘러보며) 이제 차를 좀 마셔 볼까? 좀 더 독한 게 있다면 그것도 사양치 않으마.

어린 해리   호그, 뭐라고요?

해그리드 호그와트. 설마, 호그와트가 뭐 하는 곳인지는 알고 있을 테고.

어린 해리 어…… 아뇨. 죄송해요.

해그리드 죄송하다고? 죄송해야 할 사람은 저들이지! 네가 편지를 받지 못하고 있다는 건 알았지만 호그와트도 모를 줄은 꿈에도 몰랐다. 나 원, 세상에! 네 부모님이 그런 걸 다 어디에서 배웠는지 궁금하지도 않던?

어린 해리 부모님이 뭘 배워요?

해그리드는 위협적으로 버넌 이모부를 돌아본다.

해그리드 이게 어떻게 된 일이오? 이 아이…… 이 아이가! 어떻게 하나도, **아무것**도 모를 수가 있지?

버넌 이모부 그 애한테 더 이상 아무 얘기도 하지 마시오!

어린 해리 무슨 얘기를요?

해그리드는 버넌 이모부를 보고, 이어 어린 해리를 본다.

해그리드 해리, 넌 마법사야. 넌 세상을 바꾼 아이야. 온 세상을 통틀어 가장 유명한 마법사라고.

이때 객석 뒤에서 속삭이는 소리가 흘러나와 모두를 에워싼다. 누구나 알아챌 그 목소리. 볼드모트의 목소리다…….

해애리 포오터…….

1막 9장

해리와 지니 포터의 집, 침실

해리는 퍼뜩 잠에서 깬다. 컴컴한 밤, 숨을 깊이 몰아쉬고 있다. 그는 잠시 기다린다. 마음을 가라앉히며. 그때 이마의 흉터에서 강한 통증이 느껴진다. 그의 주위에서 어둠의 마법이 움직이고 있다.

지니   해리…….

해리   아무것도 아니야. 어서 자.

지니   루모스.

      지니의 지팡이에서 빛이 나와 방을 채운다. 해리가
      지니를 바라본다.

나쁜 꿈 꿨어?

해리   응.

지니   어떤 꿈인데?

해리   더즐리 가족이 나왔어. 처음엔 그랬다가…… 다른 꿈으로 바뀌었어.

사이. 지니가 해리를 보며 그가 어떤 상태인지 가늠해 본다.

지니   수면제라도 줄까?

해리   아니야. 괜찮아질 거야. 어서 자.

지니   안 좋아 보여.

해리는 아무 말도 하지 않는다.

(해리의 불안을 느끼고) 마음이 편치 않았겠지. 에이머스 디고리 씨 때문에.

해리   화를 내시는 건 괜찮아. 그분 말씀이 옳으니까 더 힘든 거지. 그분은 나 때문에 아들을 잃었잖아—

지니   그렇게 말하는 건 자기한테 공평하지 않은 것 같은데—

해리 ─난 할 말이 없어. 누구한테든 할 말이 없다고. 물론, 못 할 말은 잘하지만.

지니는 해리가 무엇을, 혹은 누구를 염두에 두고 하는 말인지 알고 있다.

지니 그래서 속 끓이는 거구나! 호그와트에 가기 싫은 사람한테는 출발을 하루 앞둔 오늘 저녁이 썩 즐거울 리가 없지. 알버스한테 담요를 선물한 거, 훌륭한 시도였어.

해리 거기서부터 완전히 틀어져 버렸지. 지니, 내가 그 녀석한테 해서는 안 될 말을······.

지니 나도 들었어.

해리 그런데도 날 상대해 주는 거야?

지니 때가 되면 자기가 사과하리란 거 아니까. 진심으로 한 말이 아니었다는 것도 알고. 다른 걸 감추려다 그런 말이 나왔겠지. 그 애한테 솔직해도 돼, 해리······ 그 애한테 필요한 건 그뿐이야.

해리 그 녀석이 조금만 더 제임스나 릴리 같으면 얼마나 좋을까.

지니 (냉담하게) 뭐, 그렇게까지 솔직하게 말하진 말고.

해리	정말이야. 그 녀석은 어떻게 할 수가 없어……. 그래도 다른 녀석들은 이해할 수는 있어. 그리고…….
지니	알버스는 달라. 다르다는 건 좋은 거잖아. 그리고 당신이 '해리 포터'의 모습만 보여 주려고 한다는 거 그 애도 다 알아. 그 앤 진실된 당신의 모습을 보고 싶은 거야.
해리	"진실은 아름답고도 끔찍한 것이므로, 아주 조심해서 다뤄야 한다."

지니가 어리둥절한 얼굴로 해리를 본다.

덤블도어 말씀.

지니	애한테 할 얘기는 아닌 것 같은데.
해리	그 애가 세상을 구하다 죽게 될 거라고 믿는다면 그런 얘기도 할 수 있지.

해리가 다시 헉하고 숨을 들이마신다. 손을 이마로 가져가지 않으려고 안간힘을 쓰고 있다.

지니	해리. 왜 그래?
해리	괜찮아. 난 괜찮아. 당신 말이 맞아. 노력해 볼게—

지니   흉터가 아파?

해리   아니. 아니야. 괜찮아. 그만 불 끄고 좀 더 자자.

지니   해리. 흉터가 아프지 않은 지 몇 년이나 됐지?

         해리는 지니를 돌아본다. 해리의 얼굴에 많은 이야
         기가 담겨 있다.

해리   22년.

1막 10장

호그와트 급행열차

알버스가 혼잡한 기차 안을 빠르게 걷고 있다. 고개를 숙인 채 주목을 끌지 않으려고 애쓴다.

로즈   알버스, 찾았잖아…….

알버스   나를? 왜?

　　　　　　로즈는 어떻게 말을 꺼내야 할지 고민하는 눈치다.

로즈   알버스, 이제 4학년이잖아. 새 학기도 시작되고. 난 우리가 다시 친구가 됐으면 좋겠어.

알버스   우린 친구였던 적이 없어.

로즈   못됐어! 여섯 살 때 넌 내 단짝 친구였잖아!

알버스   오래전 얘기지.

        알버스가 가려고 하자 로즈가 알버스를 빈 객실로 끌
        고 들어간다.

로즈   너 그 소문 들었어? 며칠 전에 마법 정부가 불시 단
        속을 벌여 엄청난 수확을 거뒀대. 너희 아빠가 대단
        한 활약을 하셨나 보더라.

알버스   넌 어쩌면 그렇게 나도 모르는 걸 항상 다 알고 있는
        거야?

로즈   그 사람, 그러니까 단속에 걸린 마법사 말이야. 시어
        도어 노트인가 그런데, 온갖 법률을 위반하는 물건
        들을 잔뜩 갖고 있었대. 그런데 그중 하나가…… 그
        걸 보고 다들 기가 찼다지. 글쎄, 불법 타임 터너였
        대. 그것도 성능이 꽤 좋은.

        알버스는 로즈를 본다. 이제 모든 것이 아귀가 맞아
        들어간다.

알버스   타임 터너? 우리 아빠가 타임 터너를 찾았다고?
로즈   쉿! 그래. 그렇다니까. 굉장하지 않아?

알버스　　확실한 거지?

로즈　　100퍼센트.

알버스　　난 스코피어스를 *찾아봐야*겠다.

　　　　알버스가 다시 기차 통로를 걸어간다. 로즈는 할 말을 꼭 해야겠다고 결심하고서 알버스를 뒤쫓아 간다.

로즈　　알버스!

　　　　알버스가 단호한 얼굴로 돌아본다.

알버스　　나랑 얘기하라고 누가 시켰어?

로즈　　(움찔 놀라며) 그래, 뭐, 너희 엄마가 우리 아빠한테 부엉이를 보내긴 했는데…… 고모는 그냥 네가 걱정돼서 그러신 거야. 그래서 난—

알버스　　날 내버려 둬, 로즈.

　　　　스코피어스는 늘 타던 객실에 앉아 있다. 알버스가 먼저 들어가고, 로즈는 여전히 알버스를 졸졸 따라간다.

스코피어스 알버스! 어, 안녕, 로즈. 이게 무슨 냄새야?

로즈 나한테서 *냄새*가 난다고?

스코피어스 아니, 좋은 뜻으로 얘기한 거야. 너한테서 싱싱한 꽃
다발과 또…… 갓 구운…… 빵 냄새가 나네.

로즈 알버스, 내가 있다는 거 잊지 마. 알았지? 필요하면
언제든 얘기해.

스코피어스 (애타게 고민하며) 아니, 내 말은 맛있는 빵, 좋은 빵,
빵 냄새…… 빵이 뭐 어때서?

로즈는 고개를 절레절레 흔들며 떠난다.

로즈 빵이 뭐 어떠냐니!

알버스 너 찾으려고 한참 돌아다녔어…….

스코피어스 결국 찾았네. 짜잔! 숨어 있었던 것도 아닌데. 너도
알잖아. 내가 가급적…… 기차에 빨리 타는 거. 사람
들이 계속 쳐다보니까. 소리치고. 내 트렁크에 '볼드
모트의 아들'이라고 써 놓기도 한다고. 그런 짓은 시
간이 지나도 수그러들질 않는다니까. 그런데 로즈
는 나를 정말 싫어하나 봐. 그렇지?

알버스는 친구를 껴안는다. 힘차게. 알버스와 스코

피어스는 잠시 서로를 부둥켜안고 있다. 스코피어스는 알버스의 행동에 어안이 벙벙하다.

그래. 잘 지냈지? 어…… 우리가 언제 껴안은 적이 있었나? 우리가 원래 그랬어?

두 소년은 어색하게 떨어진다.

알버스　24시간을 좀 힘들게 보냈거든.

스코피어스　무슨 일이 있었는데?

알버스　나중에 설명할게. 우리, 이 기차에서 내려야 해.

무대 밖에서 기적 소리가 들린다. 기차가 움직이기 시작한다.

스코피어스　너무 늦었어. 기차가 달리고 있잖아. 기다려라, 호그와트!

알버스　그럼 달리는 기차에서 뛰어내려야겠네.

간식 카트 마법사　얘들아, 뭐 필요한 거 없니?

알버스가 창문을 열고 넘어서 나가려 한다.

스코피어스 달리는 마법 기차잖아.

간식 카트 마법사 호박 파이 어떠니? 솥단지 케이크는?

스코피어스 알버스 세베루스 포터, 그런 이상한 눈으로 날 바라
보지 마.

알버스 첫 번째 문제. 트라이위저드 대회에 대해 아는 대로
말해 봐.

스코피어스 (즐거워하며) 우아, 퀴즈구나! 세 학교의 대표 선수
세 명이 세 개의 과제에서 우승컵을 놓고 겨루는 대
회지. 그런데 그건 왜 물어?

알버스 넌 진짜 엄청난 공부 벌레야. 너도 알지?

스코피어스 그야 그렇지.

알버스 두 번째 문제. 트라이위저드 대회가 20년 넘게 열리
지 않은 이유는?

스코피어스 네 아빠하고 세드릭 디고리라는 소년이 출전한 마지
막 시합에서 두 사람이 함께 우승컵을 잡기로 했는
데 그 우승컵이 포트키였어. 그래서 두 사람은 볼드
모트에게 보내졌지. 세드릭은 살해당했고. 그 뒤로
대회가 즉시 폐지됐어.

알버스 좋아. 세 번째 문제. 세드릭이 죽을 필요가 있었을
까? 쉬운 문제지. 답은 간단해. '아니요'. 볼드모트
는 이렇게 말했어. "나머지는 죽여라." 나머지. 그러

니까 세드릭은 단지 우리 아빠와 함께 있었다는 이 유만으로 죽었고, 우리 아빠는 그를 구하지 못했어. 우리가 구할 수 있어. 그건 잘못된 일이었으니까 우리가 바로잡자고. 타임 터너를 사용할 거야. 우리가 세드릭을 되찾아 오는 거야.

스코피어스 알버스, 난 타임 터너를 별로 좋아하지 않아. 그 이유야 뻔할 테고…….

알버스 에이머스 디고리가 타임 터너를 쓰게 해 달라고 했는데, 우리 아빠는 그런 건 없다고 잡아뗐어. 그저 아들을 되찾고 싶어 하는 노인한테 거짓말을 했다고. 그분은 단지 아들을 사랑하는 노인일 뿐인데. 우리 아빠는 그런 건 상관하지도 않았기 때문에 거짓말을 한 거야……. 그런 건 신경 쓰지 않는 거지. 모두들 우리 아빠가 한 용감한 일들에 대해 떠들어 대. 하지만 아빠는 실수도 여럿 저질렀어. 사실은 아주 큰 실수지. 난 그 가운데 하나를 바로잡고 싶어. 우리가 세드릭을 구하면 좋겠어.

스코피어스 흠, 아무래도 너의 제정신을 유지해 주던 뭔가가 끊어진 게 아닐까 싶다.

알버스 난 할 거야, 스코피어스. 해야 해. 네가 함께 가지 않으면 내가 얼마나 일을 망쳐 놓을지 너도 나만큼이나 잘 알잖아. 같이 가자.

알버스는 빙긋 웃는다. 그런 다음 위로 사라진다. 스코피어스는 잠시 망설인다. 얼굴을 찌푸린다. 그러나 자기가 무엇을 해야 하는지 ― 무엇을 할 것인지 ― 알고 있다. 스코피어스도 위로 오르며 알버스를 따라 사라진다.

1막 11장

호그와트 급행열차, 지붕

사방에서 바람이 쌩쌩 불어온다. 매서운 바람이다. 결연한 모습의 알버스와 잔뜩 겁에 질린 스코피어스가 기차 지붕 위에 서있다.

스코피어스 후유, 우린 지금 기차 지붕에 올라와 있어. 엄청 빠르고 무섭네. 나쁘지 않았어. 나에 대해 많은 걸 배운 기분이야. 너에 대해서도 조금 더 알게 됐고. 하지만—

알버스 내 계산에 따르면, 지금 우리는 구름다리에 가까워지고 있어. 거기서 조금만 걸으면 성 오스왈드 마법사회 노인의 집이 나오거든…….

스코피어스 뭐? 어디라고? 야, 나도 태어나서 처음 반항해 보는

93

거라 너만큼 흥분돼. 야호, 기차 지붕이다! 재미도 있고. 하지만…… 이런.

스코피어스는 보고 싶지 않은 무언가를 목격한다.

알버스 혹시 우리의 방석 마법이 성공하지 못해도 물이 있으면 큰 도움이 될 거야.

스코피어스 알버스. 간식 카트 마법사…….

알버스 간식을 사 가자고?

스코피어스 아니. 알버스. 간식 카트 마법사가 우리 쪽으로 오고 있어.

알버스 그럴 리가 없지. 우린 기차 지붕에 있는데…….

스코피어스가 알버스에게 정확한 방향을 알려 주자, 이제 알버스의 눈에도 간식 카트 마법사가 보인다. 간식 카트 마법사는 태연하게 다가오고 있다. 간식 카트를 밀면서.

간식 카트 마법사 애들아, 뭐 먹고 싶은 것 없니? 호박 파이 어때? 개구리 초콜릿은? 솥단지 케이크도 있는데?

알버스 이런.

간식 카트 마법사 사람들은 나에 대해 잘 모른단다. 내 솥단지 케이크를 사 먹으면서도 딱히 나라는 존재에 대해 알아채지 못하지. 마지막으로 누가 내 이름을 물어본 게 언제인지도 가물가물하구나.

알버스 이름이 뭐예요?

간식 카트 마법사 잊어버렸어. 내가 얘기해 줄 수 있는 건 호그와트 급행열차가 처음 개통되었을 때 오탈린 갬볼이 내게 직접 이 일을 제안했다는 것 정도다······.

스코피어스 그건······ 190년 전인데. 190년 동안 이 일을 하셨어요?

간식 카트 마법사 이 손으로 600만 개가 넘는 호박 파이를 만들었단다. 이젠 아주 능숙해졌지. 하지만 사람들은 내 호박 파이가 아주 쉽게 다른 무언가로 변한다는 사실을 눈치채지 못했단다······.

> 마법사가 호박 파이 하나를 집어 든다. 그러곤 파이를 마치 수류탄처럼 던진다. 호박 파이가 폭발한다.

내 개구리 초콜릿으로 뭘 할 수 있는지 알면 믿기 어려울 거야. 믿기지 않을걸. 절대. 지금까지 난 이 기차에 탄 사람이 목적지에 도착하기도 전에 뛰어내리도록 내버려 둔 적이 없어. 몇 사람이 시도를 했었지. 시리우스 블랙 일당, 프레드와 조지 위즐리. **모두 실패했단다. 왜냐하면 이 열차는…… 승객이 중간에 뛰어내리는 걸 좋아하지 않거든…….**

간식 카트 마법사의 두 손이 아주 날카로운 못으로 변한다. 마법사는 미소를 짓는다.

그러니까 자리로 돌아가서 목적지에 도착할 때까지 얌전히 앉아 있으렴.

알버스   네 말이 맞아, 스코피어스. 이 기차는 마법 기차야.

스코피어스   지금 이 순간엔 내 말이 맞았다는 게 하나도 기쁘지 않아.

알버스   하지만 내 말도 맞았어. 구름다리 말이야. 저 아래 물이 흐르고 있어. 이제 방석 마법을 시험할 때야.

스코피어스   알버스, 그건 좀 아닌 것 같아.

알버스   그럴까? (잠시 망설이다가 더 이상 망설여선 안 된다는 사실을 깨닫는다) 이미 늦었어. 셋. 둘. 하나. 몰리아르!

알버스가 주문을 외치며 뛰어내린다.

스코피어스   알버스…… 알버스…….

그는 간절하게 친구를 내려다본다. 그러곤 점점 다가오는 간식 카트 마법사를 본다. 마법사의 머리는 마구 헝클어졌다. 못들이 유독 뾰족해 보인다.

마법사님도 재미있을 것 같지만, 저는 친구를 따라가야 해요.

스코피어스는 코를 틀어쥐고 주문을 외치며 알버스를 따라 뛰어내린다.

몰리아르!

1막 12장

마법 정부, 대회의실

무대 위에는 마법사들이 가득하다. 진짜 마법사가 그러듯, 모두
가 왁자지껄하게 떠들고 있다. 지니와 드레이코, 론도 그 안에
끼어 있다. 앞에 놓인 단 위에는 헤르미온느와 해리가 올라가
있다.

헤르미온느　정숙. 정숙. 침묵하는 마법을 써야 하나요? (지팡이
로 사람들을 조용히 시킨다) 좋아요. 그럼 임시 총회를
시작하겠습니다. 다행히 많은 분이 와 주셨네요. 우
리 마법 세계는 지금까지 수년 동안 평화를 유지해
왔어요. 우리가 22년 전 호그와트 전투에서 볼드모
트를 물리친 덕분에 우리 자녀들은 아주 소소한 마
찰만 겪었을 뿐, 전쟁을 모르고 자랐습니다. 지금까

98

지는 그랬죠. 해리?

해리 볼드모트의 동맹들이 몇 달째 움직임을 보이고 있습니다. 저희는 유럽을 횡단하는 트롤들과 바다를 건너는 거인들을 추적해 왔고, 늑대인간 역시 추적했지만 안타깝게도 몇 주 전에 그들의 자취를 놓치고 말았습니다. 그들이 어디로 가는지 혹은 누가 그들을 선동하는지는 알 수 없지만, 움직이고 있는 건 확실하기 때문에 그게 어떤 의미인지 걱정이 됩니다. 그래서 말인데, 혹시 무언가를 보거나 느끼신 분이 계십니까? 지팡이를 들어 주시면 발언권을 드리겠습니다. 맥고나걸 교수님? 감사합니다.

맥고나걸 교수 여름 방학이 끝나고 돌아와 보니 누군가가 마법약 창고에 침입한 것 같더군요. 약재가 많이 없어지진 않았어요. 붐슬랭 독사의 가죽과 풀잠자리 양이 조금 줄어들긴 했는데, 사용 규제 목록에 올라 있는 품목은 건드리지 않았어요. 우린 피브스의 짓이라고 생각했죠.

헤르미온느 말씀 감사합니다, 교수님. 조사해 보겠습니다. (대회의실을 둘러본다) 다른 분은 안 계신가요? 알겠습니다. 가장 심각한 문제는 해리의 흉터가 다시 아파 오기 시작했다는 사실입니다. 볼드모트가 사라진 뒤로는 한 번도 그런 적이 없었는데 말이죠.

드레이코 볼드모트는 죽었습니다. 볼드모트는 사라졌어요.

헤르미온느 맞아요, 드레이코. 볼드모트는 죽었죠. 하지만 여러 가지 정황을 감안할 때 볼드모트가…… 혹은 볼드모트의 잔재가 돌아왔을 가능성을 배제할 수 없어요.

반응이 터져 나온다.

해리 이런 걸 물어서 미안하지만 확인해야 하니 질문할 수밖에 없네요. 혹시 어둠의 징표를 가진 분들…… 아무 느낌 없었습니까? 찌릿하지도 않았나요?

드레이코 또 어둠의 징표를 가진 사람들을 괜히 몰아세우는 건가, 포터?

헤르미온느 아니야, 드레이코. 해리는 단지—

드레이코 뻔한 것 아닌가? 해리가 또다시 신문에 얼굴을 내밀고 싶은 거겠지. 볼드모트가 돌아왔다느니 어쩌니 하는 소문은 해마다 한 번씩 《예언자일보》에 나왔던 얘기 아닌가…….

해리 나한테서 나온 소문은 아니었어!

드레이코 그래? 자네 아내가 《예언자일보》에서 일하고 있지 않나?

지니가 분개하며 그에게로 다가간다.

지니   난 스포츠 면을 맡고 있다고!

헤르미온느   드레이코. 해리는 마법 정부가 이 문제에 관심을 가
         져야 한다고 제안했고…… 난 마법 정부 총리로서—

드레이코   그저 해리 포터의 친구라는 이유로 선출된 주제에.

         론이 드레이코에게 달려들려다 지니에게 저지를 당
         한다.

론   그 주둥이에 한 방 먹여 줄까?

드레이코   잘 생각해 보십시오. 저 친구가 유명하니까 여러분
         모두 휘둘리는 겁니다. 그리고 포터라는 이름이 또
         한 번 사람들의 입에 오르내리게 하는 데 (해리를 흉
         내 내며) "흉터가 아파요, 흉터가 아파요" 하는 것보
         다 더 좋은 방법은 없겠죠. 그럼 이게 뭘 의미하는지
         아십니까? 입 놀리기 좋아하는 사람들이 또 제 아들
         의 친아버지가 누구라느니 하는 말도 안 되는 소문
         을 떠들어 대며 녀석을 괴롭힐 거란 걸 의미합니다.

해리   드레이코, 이 일이 스코피어스와 연관 있다고 얘기
         한 사람은 아무도 없어…….

드레이코   어쨌든 나는 개인적으로 이 총회가 개수작이라고 생각해. 그래서 그만 가 보려고.

드레이코가 걸어 나간다. 다른 사람들도 드레이코를 따라 흩어지기 시작한다.

헤르미온느   아니에요. 그런 게 아니에요……. 돌아오세요. 전략을 세워야죠.

1막 13장

성 오스왈드 마법사회 노인의 집

이곳은 혼돈의 장이다. 마법 그 자체이다. 이곳은 성 오스왈드 마법사회 노인의 집, 우리가 기대하는 진풍경이 펼쳐진다.

보행 보조기들이 마법에 걸려 살아 움직이고, 뜨개실이 마법 때문에 제멋대로 날뛰고 있으며, 남자 간호사들이 주문에 걸려 탱고를 추고 있다.

이곳 마법사들은 뚜렷한 목적을 위해 어쩔 수 없이 마법을 행해야 하는 의무에서 벗어난 사람들이다. 이 마법사들은 그저 재미로 마법을 사용한다. 그리고 그 재미를 한껏 즐기고 있다.

알버스와 스코피어스가 주위를 두리번거리며 등장한다. 즐겁지만 솔직히 조금 두려운 표정이다.

알버스와 **스코피어스** 저, 저기요…… 실례합니다. **실례한다고요!**

스코피어스 와, 여긴 정말 제멋대로다.

알버스 에이머스 디고리 씨를 뵈러 왔어요.

갑자기 정적이 감돈다. 그 순간 모든 것이 정지한다.
그러고는 분위기가 조금 우울해진다.

뜨개질 여인 그 지독한 영감탱이는 뭐 하려고 찾아?

이때 델피가 미소를 지으며 나타난다.

델피 알버스? 알버스! 너 왔구나! 어쩜! 가서 에이머스 삼
촌한테 인사드리자!

1막 14장

성 오스왈드 마법사회 노인의 집, 에이머스의 방

에이머스가 못마땅한 얼굴로 스코피어스와 알버스를 보고 있다. 델피는 세 사람을 지켜본다.

에이머스 내가 정리해 보마. 그러니까 넌 대화를, 네가 엿들어선 안 되는 대화를 엿듣고서 누가 시키지도 않았는데, 사실상 허락도 받지 않고 남 일에, 그것도 아주 제대로 끼어들려 하는 거구나.

알버스 저희 아빠는 거짓말을 했어요. 제가 알아요. 타임 터너는 있어요.

에이머스 당연히 그렇겠지. 이제 그만 가 봐라.

알버스 네? 아니에요. 저희는 도와 드리러 왔어요.

에이머스 도와준다고? 콩알만 한 녀석 둘이 날 위해 뭘 할 수 있단 말이냐?

알버스   저희 아빠를 보면 꼭 어른이 되어야만 마법 세계를 바꿀 수 있는 건 아니잖아요.

에이머스   그래서 너도 포터라는 이름을 가졌으니 아무 데나 끼어들게 놔둬야 한단 말이냐? 그 유명한 이름을 이용해 보시겠다?

알버스   아니에요!

에이머스   슬리데린에 들어간 포터 아이……. 그래, 기사에서 읽었지. 그 녀석이 말포이네 아이를 데리고 날 찾아오다니. 게다가 그 아이는 볼드모트의 자식일지도 모르는데? 네가 어둠의 마법과 손잡은 게 아니라고 누가 장담하겠냐?

알버스   하지만—

에이머스   뻔한 정보이긴 했지만 어쨌든 확인해 줘서 고맙다. 네 아빠는 날 속였지. 그만 가거라. 두 녀석 다. 괜히 내 소중한 시간 빼앗지 말고.

알버스   (단호하고 강경하게) 그러지 말고 제 말 좀 들어 보세요. 직접 말씀하셨잖아요. 우리 아빠가 책임질 일이 수없이 많다고. 제가 그걸 바꿀 수 있게 도와주세요. 아빠가 저지른 실수 가운데 하나만이라도 바로잡을 수 있게 해 주세요. 저를 믿어 주세요.

에이머스   (언성을 높이며) 내 말 못 들었냐? 나한텐 널 믿어야 할 이유가 없다. 그러니 가라. 어서. *강제로 내쫓기 전에.*

에이머스가 위협적으로 지팡이를 들어 올린다. 알버스는 그 지팡이를 보며 풀이 죽는다. 에이머스에게 기가 꺾인 것이다.

스코피어스   가자, 친구. 우리가 잘하는 게 하나 있다면 환영받지 못하는 곳을 알아차리는 거잖아.

알버스는 선뜻 걸음을 옮기지 못한다. 스코피어스가 알버스의 팔을 잡아끈다. 결국 알버스는 돌아서고 두 사람은 함께 걸어간다.

델피   삼촌, 지 애들을 믿어야 할 이유가 하나쯤은 있는 것 같은데요.

두 아이는 걸음을 멈춘다.

삼촌을 돕겠다고 자청한 사람은 아무도 없었어요.

저 애들은 삼촌의 아들을 되찾아 오기 위해 용감하게도 위험을 무릅쓸 각오를 하고서 찾아왔다고요. 사실, 여기까지 오는 데만 해도 나름의 위험을 감수했을 테고요…….

에이머스 우린 지금 세드릭을 구해 오자는 거야…….

델피 삼촌이 그러셨잖아요. 호그와트 내부의 누군가를 포섭하면 *아주* 유리할 수도 있다고.

델피는 에이머스의 정수리에 입을 맞춘다. 에이머스는 델피를 보고, 뒤이어 고개를 돌려 두 소년을 바라본다.

에이머스 이유가 뭐야? 대체 왜 그런 위험을 무릅쓰려는 거냐? 그래서 네가 얻는 게 뭐지?

알버스 저는 나머지가 되는 게 어떤지 잘 알거든요. 아드님은 살해당할 이유가 없었어요, 디고리 할아버지. 저희가 아드님을 되찾는 걸 도울 수 있어요.

에이머스 (마침내 감정을 내보이며) 내 아들…… 내 아들은 내게 최고의 선물이었지. 그래, 맞아. 너무 부당하게 죽었어. 아주 부당한 일이었지. 네가 진심이라면…….

알버스 정말 진심이에요.

에이머스 위험할 거다.

알버스 저희도 알아요.

스코피어스 정말?

에이머스 델피, 너도 이 아이들하고 같이 가 줄 수 있겠니?

델피 그래야 마음이 놓이신다면 그럴게요, 삼촌.

> 델피가 알버스에게 미소를 지어 주고, 알버스도 델
> 피에게 미소를 보인다.

에이머스 타임 터너를 가져오는 일만 해도 목숨을 걸어야 한
다는 건 알고 있겠지?

알버스 저희는 목숨을 걸 각오가 되어 있어요.

스코피어스 정말?

에이머스 (진지하게) 네게 그럴 만한 역량이 있길 바란다.

1막 15장

해리와 지니 포터의 집, 부엌

해리와 론, 헤르미온느, 지니가 함께 앉아 식사를 하고 있다.

헤르미온느 내가 드레이코한테 몇 번이나 말했는지 몰라. 마법 정부에서 스코피어스 얘길 하는 사람은 아무도 없다고. 그런 소문은 우리한테서 나오는 게 아니라고 말이야.

지니 나도 드레이코한테 편지를 보냈었어……. 애스토리아를 보낸 후에. 혹시 우리가 도울 게 있는지 물어보려고. 스코피어스가 알버스랑 워낙 친하니까 혹시라도 크리스마스 연휴에 잠깐 와 있으면 좋지 않을까 했는데…… 내 부엉이가 갖고 온 편지에는 딱 한 문장만 적혀 있더라고. "남편한테 내 아들에 관한 소문이 전부 거짓임을 밝혀 달라고 전하길.”

헤르미온느 망상에 사로잡혀 있어.

지니 정상이 아니야. 슬픔이 너무 컸나 봐.

론 아내를 잃은 건 나도 안타까워. 하지만 자꾸 헤르미온느를 몰아세우니까……. 어쨌든…… (해리를 건너다본다) 어이, 소심한 친구, 내가 이 여자한테도 늘 얘기하듯 아무것도 아닐 수 있어.

헤르미온느 이 여자라고?

론 트롤들은 파티에, 거인들은 결혼식에 가는 걸 수도 있지. 네가 악몽을 꾸는 건 알버스를 워낙 걱정해서일 수도 있고, 네 흉터가 아픈 건 네가 늙어 가기 때문일 거야.

해리 늙어 가? 고맙군, 친구.

론 솔직히 나도 요즘엔 어디 앉을 때마다 ‘아이고’ 소리가 절로 나와. ‘아이고.’ 그리고 내 발 말이야. 요즘 발이 말썽이라 통증에 관한 노래도 만들 수 있을 정도라니까. 네 흉터도 그런 거겠지.

지니 헛소리 좀 그만해.

론 난 그게 내 특기라고 생각해. 그거랑 꾀병 과자 세트 개발 능력. 그리고 너희 모두를 사랑하는 거. 말라깽이 지니까지 말이야.

111

지니   로널드 위즐리, 어른답게 굴지 않으면 엄마한테 이를 거야.

론   설마.

헤르미온느   만약 볼드모트의 일부가 어떤 형태로든 살아남았다면 우린 대비를 해야 해. 난 좀 두려워.

지니   나도 두려워.

론   난 아무것도 두렵지 않아. 우리 엄마 빼고.

헤르미온느   정말이야, 해리. 난 이런 일에서 코닐리어스 퍼지처럼 굴진 않을 거야. 눈 가리고 아웅 하진 않을 거라고. 그리고 드레이코 말포이에게 인기가 없어져도 상관없어.

론   어차피 자긴 인기 있는 사람은 아니었잖아?

     헤르미온느는 론에게 무시무시한 눈총을 쏘며 한 대 때리려 했지만 론은 얼른 피한다.

빗나갔네.

     지니가 론에게 강타를 날린다. 론은 움찔한다.

명중. 완전 명중이야.

갑자기 부엌에 부엉이 한 마리가 나타난다. 부엉이는 낮게 날아와 해리의 접시에 편지 한 통을 떨어뜨린다.

헤르미온느   부엉이를 보내기엔 좀 늦은 시간 아닌가?

해리는 편지를 뜯어 본다. 깜짝 놀란다.

해리   맥고나걸 교수님이 보내신 거야.
지니   뭐라고 쓰셨어?

해리의 얼굴이 굳어진다.

해리   지니, 알버스 때문이야. 알버스와 스코피어스. 두 녀석이 학교에 오지 않았대. 애들이 사라졌어!

1막 16장

화이트홀*, 지하실

스코피어스가 눈살을 찌푸리며 병을 보고 있다. 그의 옆에는 알버스와 델피가 서 있다.

스코피어스   이걸 먹는다고?

알버스   스코피어스, 꼭 설명해 줘야 해? 넌 엄청난 공부 벌레에다 마법약 전문가잖아. 폴리주스가 뭐 하는 건지 몰라? 델피가 훌륭하게 조제해 준 덕분에 이제 우린 이 마법약을 먹고 변신하기만 하면 돼. 그럼 변장한 모습으로 마법 정부에 들어갈 수 있다고.

---

* 런던의 중심가인 트래펄가 광장에서부터 남쪽으로 의회 광장까지 이어지는 대로를 뜻한다.

스코피어스 좋아. 두 가지만 물을게. 첫 번째 질문, 고통스러워?

델피 엄청. 내가 알기론 그래.

스코피어스 고마워요. 좋은 소식이네요. 두 번째 질문, 혹시 폴
리주스가 무슨 맛인지 아는 사람? 생선 맛이 난다고
들었는데, 정말이라면 난 바로 토해 버리고 말 거야.
난 생선하고 잘 안 맞거든. 항상 그랬어. 앞으로도
그럴 거고.

델피 새겨들을게. (심호흡을 하고 폴리주스를 단숨에 들이켠
다) 생선 맛은 아닌데. (변신하기 시작한다. 고통스러워
한다) 사실 맛은 그리 나쁘지 않아. 맛있네. 고통스
럽긴 하지만⋯⋯. (큰 소리로 트림한다) 방금 한 말 취
소. 뒷맛이 살짝⋯⋯. (다시 트림하고 헤르미온느로 변
한다) 살짝 심하게⋯⋯ 생선 맛이야.

알버스 그러니까⋯⋯ 우아!

스코피어스 우아, 우아!

델피/헤르미온느 느낌으로는 썩⋯⋯ 목소리도 똑같아졌네! 우아,
우아, 우아!

알버스 좋아. 이번엔 내 차례야.

스코피어스 안 돼. 어림없는 소리지, 친구. 할 거면 (미소를 지으
며 우리가 많이 봐 왔던 안경을 쓴다) 같이 해야지.

알버스 셋. 둘. 하나.

두 소년이 함께 마법약을 들이마신다.

아니, 괜찮은데. (고통스러워한다) 별로 괜찮진 않군.

알버스와 스코피어스 둘 다 변신하기 시작한다. 변신은 고통스럽다.

알버스는 론으로, 스코피어스는 해리로 변한다.

둘은 서로를 본다. 침묵이 흐른다.

알버스/론   좀 이상하겠다. 그렇지?

스코피어스/해리 (연기하며 이 상황을 즐기고 있다) 네 방으로 가. 당장 네 방으로 가라니까. 넌 아주 끔찍하고 못된 아들이야.

알버스/론   (웃으면서) 스코피어스…….

스코피어스/해리 (어깨에 망토를 두르며) 네가 그러자고 했잖아. 난 네 아빠가, 넌 론 삼촌이 되자고 말이야! 잠깐 장난 좀 쳐 봤어. 곧……. (이윽고 요란하게 트림한다) 아, 진짜 지독하다.

알버스/론   론 삼촌이 잘 숨기고 있어서 몰랐는데, 배가 꽤 많이 나왔네.

델피/헤르미온느 우리 그만, 가야 하지 않을까?

셋은 거리로 나간다. 공중전화 박스에 들어간다.
62442를 누른다.

공중전화 박스 어서 오십시오, 해리 포터. 어서 오십시오, 헤르미
온느 그레인저. 어서 오십시오, 론 위즐리.

셋은 미소를 짓고 공중전화 박스가 무대 아래로 사라
진다.

1막 17장

마법 정부, 회의실

해리와 헤르미온느, 지니 그리고 드레이코가 작은 방 안을 서성 거린다. 네 사람 모두 수심이 가득한 모습이다.

드레이코 철로 주변은 철저하게 수색한 건가?

해리 우리 부서에서 한 번 훑고 지금 다시 수색하고 있어.

드레이코 간식 카트 마법사는 도움이 될 만한 정보를 주지 않 고?

헤르미온느 그 마법사는 길길이 날뛰고 있어. 오탈린 갬볼을 실 망시켰다는 얘기만 되풀이하고 있지. 호그와트 학 생 인도 기록에 큰 자부심을 갖고 있거든.

지니 머글들이 마법을 목격했다는 보고도 없고?

헤르미온느 지금까진 없어. 내가 머글 총리한테 알려서 총리가 지금 '행불' 신고를 처리 중이야. 주문처럼 들리겠지만 그건 아니고.

드레이코   그래서 지금 우리 애들 찾는 일을 머글들한테 의존하고 있단 말이야? 해리의 흉터 얘기까지 한 거야?

헤르미온느는 점점 팽팽해지는 긴장감을 어떻게든 가라앉히려고 애쓴다.

헤르미온느   머글들한테 도움을 요청한 것뿐이야. 그리고 해리의 흉터와 어떤 연관이 있을지는 아무도 모르고. 하지만 해리의 흉터는 절대 가볍게 넘길 일이 아니야. 현재 우리 오러들이 어둠의 마법에 연관된 사람들을 전부 조사하고 있어. 그리고 —

드레이코   죽음을 먹는 자들과는 *무관한* 일이야.

헤르미온느   글쎄, 나는 그렇게 자신할 수 없을 것 같은데…….

드레이코   자신하는 게 아니라, 내 말이 맞아. 지금도 어둠의 마법을 좇는 머저리들이 있긴 하지. 그래도 내 아들은 말포이야. 감히 건드리진 못할 거라고.

해리   새로운 무언가가 있지 않다면 그렇겠지. 뭔가 —

지니   나도 드레이코랑 같은 생각이야. 납치라면…… 알버스를 데려간다면 모를까. 둘 다 데려가는 건…….

해리와 지니가 눈빛을 교환한다. 이로써 지니가 해리에게 뭘 바라는지, 해리가 어떤 얘기를 해 줬으면 하는지가 분명해진다.

드레이코   게다가 난 그렇게 키우지 않으려고 안간힘을 썼지만, 어쨌든 스코피어스는 주도하는 쪽이 아니라 따라가는 쪽이야. 틀림없이 알버스가 그 애를 꾀어 함께 내렸을 테지. 그러니까 내가 묻고 싶은 건 이거야. 알버스가 스코피어스를 데리고 갈 만한 곳이 어디지?

지니   해리, 그 애들은 도망간 거야. 자기랑 나는 알잖아.

드레이코는 이 부부가 서로를 보고 있다는 사실을 알아차린다. 두 사람이 신호를 주고받는 걸 알아차린다.

드레이코   안다고? 그래? 우리한테 말하지 않은 게 뭐야?

침묵이 흐른다.

뭘 감추고 있는지는 몰라도 이제 그만 털어놓았으면

하는데.

해리 알버스랑 내가 좀 다퉜어. 애들이 떠나기 전날.

드레이코 계속해 봐…….

해리는 잠시 머뭇거리다 용기를 내어 드레이코와 눈을 맞춘다.

해리 그런데 내가, 가끔은 네가 내 아들이 아니었으면 좋겠다는 말을 내뱉었지.

또 한 번 침묵이 흐른다. 깊고 압도하는 침묵이다. 이윽고 드레이코가 해리에게 위협적으로 한 발짝 다가간다.

드레이코 만약 스코피어스에게 무슨 일이 생기면…….

지니가 드레이코와 해리 사이에 끼어든다.

지니 협박은 하지 마, 드레이코. 제발 부탁이야.

드레이코 (고함치며) 내 아들이 실종됐다고!

지니 (똑같이 고함치며) 내 아들도 실종됐어!

드레이코와 지니의 눈이 마주친다. 진한 감정이 회
의실을 메운다.

드레이코   (자기 아버지와 똑같이 입술을 일그러뜨리며) 혹시 돈
이 필요하면 얘기해……. 말포이 집안이 가진 건 모
두 내줄 테니까……. 그 애는 내 하나뿐인 후계자
야……. 나의…… 유일한 가족이라고.

헤르미온느   고맙지만, 자금은 마법 정부에도 충분히 준비되어
있어, 드레이코.

드레이코는 나가려다 멈춰 선다. 그러곤 해리를 쳐
다본다.

드레이코   네가 무슨 일을 했든, 누구를 구했든 나한테는 전혀
중요하지 않아. 넌 우리 집안엔 늘 저주일 뿐이야,
해리 포터.

1막 18장

마법 정부, 복도

스코피어스/해리 저 안에 있는 게 확실해?

경비 한 명이 지나간다. 스코피어스/해리와 델피/헤르미온느는 직무를 수행하는 척한다.

맞습니다, 총리님. 저 역시 이 문제는 마법 정부에서 깊이 숙고해 봐야 할 사안이라고 생각합니다.

경비　　　(고개를 까딱하며) 총리님.

델피/헤르미온느 같이 생각해 보죠.

경비가 지나가자 그들은 안도의 한숨을 내쉰다.

삼촌이 베리타세룸을 쓰자고 제안하셨어. 우린 노인의 집을 방문한 마법 정부 관리의 음료에 몰래 그 약을 섞었지. 그랬더니 타임 터너를 보관 중이라고 말하더라고. 심지어 그게 어디에 있는지도 말해 줬어. 마법 정부 총리의 방에 있다고 말이야.

그녀는 문 하나를 가리킨다. 그때 갑자기 떠들썩한 소리가 들린다.

헤르미온느 (무대 밖에서) 해리…… 얘기 좀 하자니까…….

해리 (무대 밖에서) 얘기할 것도 없어.

델피/헤르미온느 안 돼.

알버스/론 헤르미온느 숙모예요. 우리 아빠랑.

순간, 셋 다 당황한다.

스코피어스/해리 어서 숨어야지. 숨을 데가 없네. 누구 투명 마법 아는 사람?

델피/헤르미온느 그냥…… 총리실로 들어가면 안 되나?

알버스/론 숙모도 거기로 올 텐데요.

델피/헤르미온느 달리 숨을 데가 없잖아.

그녀가 총리실 문을 열어 보려 한다. 그런 다음 다시 한 번 시도한다.

헤르미온느 (무대 밖에서) 지니나 나한테 그런 얘기를 하지 않으면……

스코피어스/해리 뒤로 물러서요. 알로호모라!

그는 지팡이로 문을 겨눈다. 문이 휙 열린다. 그는 기뻐하며 빙긋 웃는다.

알버스. 네가 숙모를 잡아 둬. 네가 해야 해.

해리 (무대 밖에서) 무슨 얘길 하라는 거야?

알버스/론 내가? 왜?

델피/헤르미온느 우리가 할 수는 없잖아. 안 그래? 우리가 저들이니까.

헤르미온느 (무대 밖에서) 물론, 네가 해선 안 될 말을 하긴 했지만…… 이렇게 된 이유가 더 있을 거야―

알버스/론 난 못 해…… 못 한다고…….

한바탕 작은 소란이 벌어진 다음, 결국 알버스/론이 문 앞에 서고 헤르미온느와 해리가 무대 밖에서 들어온다.

해리　　　헤르미온느, 걱정해 주는 건 고마운데 그럴 필요까
　　　　　　지는―

헤르미온느　론?

알버스/론　놀랐지!!!

헤르미온느　여긴 어쩐 일이야?

알버스/론　내 아내를 보러 오는 데 이유가 있어야 하나?

그는 헤르미온느에게 진하게 입을 맞춘다.

해리　　　난 가 봐야겠다……

헤르미온느　해리. 그러니까 내 말은, 드레이코가 뭐라고 하든,
　　　　　　알버스한테 그런 말 한 거…… 계속 곱씹어 봐야 지
　　　　　　금은 아무런 도움도 되지 않는다고……

알버스/론　아, 해리가 했다는 말. 가끔은 내가― (얼른 말을 바
　　　　　　꿔) 알버스가 자기 아들이 아니었으면 좋겠다고 한
　　　　　　그 얘기 말이구나.

헤르미온느　론!

알버스/론　담아 두고 있느니 토해 내는 편이 낫다는 게 내 지론
　　　　　　이야……

헤르미온느　그 애도 알 거야……. 누구나 마음에도 없는 말을 할 때가 있잖아. 그 애도 알 거라고.

알버스/론　하지만 가끔은 진심을 털어놓기도 하지……. 그런 거라면?

헤르미온느　론, 지금은 그런 말 할 때가 아니거든, 정말.

알버스/론　그야 그렇지. 그럼 잘 가, 자기.

　　　알버스/론은 헤르미온느가 걸음을 옮기는 모습을 지켜보며 그녀가 자기 사무실을 그냥 지나쳐 가길 바란다. 그러나 물론, 그럴 리가 없다. 헤르미온느가 사무실 문으로 들어가기 전 알버스/론이 얼른 달려가 앞을 가로막는다. 한 번 막고, 엉덩이를 흔들어 또 한 번 막는다.

헤르미온느　왜 사무실 문을 막는 거야?

알버스/론　아냐. 난 아무것도 안 막았어.

　　　헤르미온느가 다시 문을 열고 들어가려 하지만 이번에도 알버스/론이 그녀를 막는다.

헤르미온느　막고 있거든. 들어가게 해 줘, 론.

그녀는 재빨리 알버스/론을 피해 지나가려고 한다.

알버스/론 우리 아기 하나 더 갖자.

헤르미온느 뭐?

알버스/론 아기를 갖든가 아니면 휴가 가자. 아기를 갖든 잠깐 휴가를 가든 둘 중 하나는 해 줘. 난 포기하지 않을 거야. 이따 다시 얘기할까, 자기? 리키 콜드런에서 한잔하면서, 어때? 사랑해.

헤르미온느는 머리를 굴리며 의심 가득한 눈으로 알버스/론을 보고 다시 사무실 문을 본다. 그러곤 누그러진다.

헤르미온느 저 안에 또 똥 폭탄을 갖다 놓은 거라면 멀린을 데려와도 무사하지 못할 줄 알아. 좋아. 어쨌든 우린 머글들한테 새로 전해 줄 소식이 있어.

헤르미온느가 퇴장한다. 해리도 헤르미온느와 함께 퇴장한다.
알버스/론은 사무실 문을 향해 돌아선다. 헤르미온느가 다시 무대로 들어온다. 이번엔 혼자이다.

아기 **아니면** 휴가라고? 가끔 보면 자긴 정말 저울질을 못 하는 거 알아?

알버스/론   그래서 자기가 나랑 결혼한 거 아니야? 내 귀여운 유머 감각 때문에.

    헤르미온느가 다시 퇴장한다. 알버스/론이 문을 열려는데 헤르미온느가 다시 들어온다. 알버스/론이 문을 쾅 닫는다.

헤르미온느   생선 맛이 나네. 피시 핑거 샌드위치 좀 그만 먹으라니까.

알버스/론   당신 말이 맞아.

    헤르미온느가 퇴장한다. 알버스/론은 그녀가 사라진 것을 확인하고 크게 안도하며 문을 연다.

1막 19장

마법 정부, 헤르미온느의 사무실

스코피어스/해리와 델피/헤르미온느가 기다리고 있는 헤르미온느의 사무실에 알버스/론이 들어온다. 몹시 지치고 처진 모습이다.

알버스/론   기분이 너무 이상해.

델피/헤르미온느   대단하던데. 잘 막았어.

스코피어스/해리   난 하이파이브를 해야 할지 얼굴을 찌푸려야 할지 모르겠다. 숙모랑 키스를 하다니!

알버스/론   론 삼촌이 원래 애정이 넘치거든. 어떻게든 숙모의 주의를 돌리려고 그런 거잖아, 스코피어스. 그래서 성공했고.

스코피어스/해리   그런데 너희 아빠가 하셨다는 말…….

델피/헤르미온느 애들아…… 이 방 주인이 곧 돌아올 거야. 시간이 많지 않아.

알버스/론 (스코피어스/해리에게) 들었어?

델피/헤르미온느 헤르미온느가 타임 터너를 어디에 숨겼을까? (사무실 안을 둘러보다 책장들을 발견한다) 저 책장들을 뒤져 보자.

　　　　그들은 뒤지기 시작한다. 스코피어스/해리가 걱정스러운 얼굴로 친구를 바라본다.

스코피어스/해리 왜 나한테 얘기하지 않았어?

알버스/론 우리 아빠 내가 자기 아들이 아니었으면 좋겠대. 다짜고짜 이렇게 대화를 시작할 수는 없잖아?

　　　　스코피어스/해리는 무슨 말을 해야 하나 고민한다.

스코피어스/해리 나도…… 내가 볼드모트 자식이 아니란 건 알지만…… 가끔 보면 우리 아빠가 '어떻게 내 속에서 저런 애가 나왔지?'라고 생각하는 것 같아.

알버스/론 그래도 우리 아빠보다 낫네. 우리 아빠 틀림없이 '어떻게 하면 저놈을 다시 배 속으로 집어넣을 수 있을까', 만날 이런 생각만 할 거야.

　　델피/헤르미온느가 스코피어스/해리를 책장 쪽으로
　　끌어당긴다.

델피/헤르미온느　눈앞의 문제에 좀 집중하면 안 될까?

스코피어스/해리　내 말은, 우리가 친구가 된 데에는…… 그럴 만
한 이유가 있다는 거야, 알버스……. 우리가 서로를
알아본 이유 말이야. 그리고 이 모험이 무얼 위한 것
이든…….

　　그러다 그는 책장에서 책 한 권을 발견하고 얼굴을
　　찌푸린다.

여기 있는 책들 봤어? 꽤 심각한 책들이 있는데. 금
서들. 저주받은 책들.

알버스/론　까다로운 감정 문제로 고민하는 스코피어스를 구하
려면? 도서관으로 데려가라.

스코피어스/해리　전부 도서관 제한 구역에 있는 책들이고, 그보다
더한 책도 있어. 《가장 사악한 마법》《15세기의 악
령들》. 《어느 마법사의 시》, 이 책은 호그와트에선

아예 허용하지도 않는다고!

알버스/론 《그림자와 영혼》.《나이트셰이드 마법 입문서》.

델피/헤르미온느 좀 놀랍긴 하다…….

알버스/론 《오팔 불, 그 감춰진 역사》.《임페리우스 저주와 그
것을 남용하는 방법》.

스코피어스/해리 여기 좀 봐. 이런. 시빌 트릴로니의《나의 눈 그
리고 그 너머를 보는 법》도 있어. 점술에 관한 책이
잖아. 헤르미온느 그레인저는 점술을 싫어하는데.
흥미로운걸. 새로운 발견이야…….

그가 책장에서 그 책을 꺼낸다. 책이 떨어져 펼쳐진
다. 그러곤 말을 하기 시작한다.

책 첫 번째 음절은 네 번째, 실망스러운 점수.
'parked'에는 있지만 'park'에는 없는 것.

스코피어스/해리 이런. 책이 말을 하네. 좀 이상하다.

책 두 번째 음절은, 두 발로 걷는 생물 가운데 덜 아름
다운 존재. 알(egg)에 이상이 생겨 태생적으로 지저
분하고 털이 많음.
세 번째 음절은 올라야 하는 산 또는 가야 하는 여
정.

알버스/론 수수께끼야. 책이 우리한테 수수께끼를 내고 있어.

책 도시 순회, 호수 유람.

델피/헤르미온느 대체 무슨 짓을 한 거야?

스코피어스/해리 난, 그냥…… 책 한 권을 펼쳤을 뿐이에요. 지금 껏 이 지구에 살면서 책을 펼치는 게 그렇게 위험한 행동인 줄은 몰랐는데요.

책들이 바깥쪽으로 몸을 내밀어 알버스/론을 붙잡는 다. 알버스/론은 그저 책들의 손아귀를 피할 뿐이다.

알버스/론 이게 뭐예요?

델피/헤르미온느 (흥분하며) 여길 무기로 만들었어. 자기 서가를 무기화했다고. 타임 터너가 여기에 있는 모양이야. 수수께끼를 풀면 찾을 수 있을 거야.

알버스/론 첫 번째 음절은 네 번째. 'parked'에는 있지만 'park' 에는 없는 것. 'ed'……. 그럼 '디(De)'네…….*

스코피어스/해리 두 번째 음절은, 알에 이상이 있고, 두 발로 걷는 생물 가운데 덜 아름다운 존재…….

* D는 알파벳순으로 네 번째이며, 호그와트 성적 체계에서 '끔찍한' 성적을 일컫는 'dreadful'의 첫 글자다.

델피/헤르미온느 (야단스럽게) 남자들(men)이네! 답은 디-멘-터
(De-men-tor)야.* 디멘터에 관한 책을 찾아야 해.
(책장으로 다가가다가 책장이 덤벼들자 깜짝 놀란다) 알
버스!

알버스/론이 책장으로 달려오지만 이미 늦었다. 그
녀는 이미 책장 속으로 빨려 들어갔다.

알버스/론 델피! 어떻게 된 거예요?

스코피어스/해리 집중해, 알버스. 델피가 시키는 대로 해. 디멘터
에 관한 책을 찾아. 조심하고.

알버스/론 이거다.《디멘터 길들이기: 아즈카반 역사의 진실》.

그 책이 저절로 날아와 펼쳐지며 스코피어스/해리를
향해 위험하게 덤벼든다. 스코피어스/해리는 황급히
피한다. 그러다 어느 책장에 쿵 부딪히자, 그 책장이
그를 집어삼키려 한다.

---

* 'tor'에는 '바위산'이라는 뜻이 있으며 '여정' '순회' '유람'을 뜻하는 단어인 'tour'
와 동음어이다.

책   나는 우리에서 태어났지.

하지만 분노로 그것을 깨부쉈어.

내 안의 곤트가 수수께끼(riddle)를 풀어

나를 해방했지.

그리하여 나는 존재할 수 있었어.

알버스/론   볼드모트.

책들 속에서 델피가 거꾸러져 나온다. 원래의 모습
으로 돌아와 있다.

델피   더 빨리!

소리치며 다시 안으로 빨려 들어간다.

알버스/론   델피! 델피!

그가 델피의 손을 잡으려 하지만 그녀는 이미 사라져
버렸다.

스코피어스/해리 델피가 원래 모습으로 돌아왔어. 봤어?

알버스/론   아니! 난 그것보다 델피가 책장한테 잡아먹히는 게 더 걱정됐거든! 찾아. 어서. 그에 관한 책을 찾아봐.

알버스/론이 책 한 권을 발견한다.

《슬리데린의 후계자》? 이거 아닐까?

그는 책장에서 그 책을 꺼내지만 책이 다시 들어가고, 필사적으로 저항하는 알버스/론을 책장이 집어 삼킨다.

스코피어스/해리 알버스? 알버스!!

스코피어스/해리가 손을 뻗을 새도 없이, 알버스/론은 사라져 버린다. 스코피어스/해리는 의심 가득한 얼굴로 잠시 고민한 뒤, 이제는 자기가 수수께끼를 풀어야 한다는 사실을 깨닫는다.

알았어. 그건 아니라는 거지. 볼드모트. 볼드모트. 볼드모트.

그는 책장을 훑는다.

《마볼로: 진실》, 틀림없이 이걸 거야…….

그는 그 책을 꺼내 펼친다. 역시 그 책이 몇 갈래로 빛을 뿜으며 휙 빠져나온다. 아까보다 더 굵고 낮은 목소리가 들린다.

책 나는 네가 본 적 없는 존재
나는 너. 나는 나. 내다볼 수 없는 메아리.
때로는 앞에 있고 때로는 뒤에 있지.
영원한 동반자, 우린 서로 얽혀 있으니.

책들 속에서 알버스가 나타난다. 원래의 모습으로 돌아와 있다.

스코피어스/해리 알버스…….

그는 알버스를 잡으려 한다. 그러나 책장의 힘이 너무 세다.

알버스 아냐. 그냥— **답을 생각해애애애.**

알버스는 다시 책장 속으로 거칠게 빨려 들어간다.

스코피어스/해리 하지만 생각이 안 나……. 볼 수 없는 메아리? 그게 뭘까? 내가 딱 하나 잘하는 일이 생각하는 건데, 정작 필요할 때는 머리가 안 돌아가.

책들이 그를 끌어당긴다. 그는 손쓸 수가 없다. 무시무시하다.
정적이 감돈다. 세 사람 모두 집어삼켜졌다.
아무도 남지 않았다.
그러다 **쾅** 소리와 함께 책장에서 책들이 쏟아져 내리고 스코피어스가 다시 나타난다. 책들을 옆으로 쳐 내며.

스코피어스 아냐! 이러지 마! 시빌 트릴로니. 그만!!!

그는 주위를 둘러본다. 기진맥진했지만 기운은 가득하다.

이건 완전히 잘못됐어. 알버스? 내 말 들려? 빌어먹을 타임 터너 때문에 이 고생을 하다니. 생각해, 스코피어스. 생각을 하라고.

책들이 그를 붙잡으려 하지만 그는 뿌리친다.

영원한 동반자. 때로는 뒤에 있고. 때로는 앞에 있고. 잠깐. 이걸 놓쳤네. 그림자잖아. 이건 그림자야. 《그림자와 영혼》. 저 책이 분명해……

그는 그 책장을 타고 오른다. 책장이 무시무시한 기세로 그에게 달려든다. 그가 한 걸음 옮길 때마다 그를 붙잡으려 한다.

그는 책장에서 그 책을 꺼낸다. 책이 순순히 나오면서 모든 소음과 혼돈이 일시에 멈춘다.

그럼—

갑자기 요란한 소리가 들리고 알버스와 델피가 책장에서 나와 바닥으로 떨어진다.

우리가 해냈어! 우리가 이 서가를 이겼다고!

그는 의기양양하게 두 손을 번쩍 올리지만 알버스는 걱정스럽게 델피를 바라본다.

알버스 델피, 괜찮아요……?

델피 와. 놀이 기구 제대로 탔네.

알버스는 스코피어스가 가슴에 안고 있는 책을 쳐다본다.

알버스 그거야……? 스코피어스? 그 책에 뭐가 있어?

델피 같이 알아봐야 하지 않을까?

스코피어스가 책을 펼친다. 그 한가운데서 타임 터너가 돌아가고 있다.

와.

스코피어스 우리가 타임 터너를 찾았어. 여기까지 해낼 줄은 몰랐는데.

알버스 친구, 이걸 손에 넣었으니 다음 단계는 세드릭을 구하는 거야. 우리의 모험은 이제 막 시작되었다고.

스코피어스 이제 시작인데 벌써 반쯤 죽다 살아났네. 좋아. 잘되겠지.

속삭임이 점점 포효로 바뀐다. 무대가 암전된다.

막간.

1부

2막

2막 1장

프리빗가, 계단 밑 벽장, 꿈

어린 해리가 계단 밑 벽장 안에서 잠들어 있다. 그는 악몽에 시달리고 있다. 어둠의 존재가 가까이 있음을 느끼고 뒤척인다.

피튜니아 이모 (무대 밖에서) 해리. 해리. 냄비들이 지저분하잖니. **이렇게 지저분하다니 창피해서 원. 해리 포터. 어서 일어나.**

어린 해리가 잠에서 깨어 보니 피튜니아 이모가 그를 내려다보고 있다.

어린 해리 피튜니아 이모. 지금 몇 시예요?

피튜니아 이모 어쨌든 일어날 시간이야. 나 참, 널 키우기로 했

145

을 땐 언젠가 나아지겠지, 우리가 가르쳐서 사람 만
들 수 있겠지, 하고 생각했었다. 그러니 누굴 탓하겠
니. 네가 그렇게 게을러터진 구제 불능이라도 우리
를 탓할 수밖에.

어린 해리 저는 노력하고—

피튜니아 이모 노력한다고 다 되는 건 아니지. 안 그러니? 유리잔
에 기름얼룩이 묻어 있더구나. 냄비에 긁힌 자국도
그대로. 어서 일어나 부엌에 가서 박박 닦아라.

어린 해리가 침대에서 나온다. 그의 바지 뒷부분이
축축하게 젖어 있다.

아이고, 이런. 아이고, 대체 뭘 한 거니? 또 침대를
적셨잖아.

그녀는 이불을 걷어 낸다.

정말 용납할 수가 없구나.

어린 해리 죄송……해요. 나쁜 꿈을 꾼 것 같아요.

피튜니아 이모 칠칠치 못한 놈. 오줌은 짐승들이나 싸는 거지. 칠
칠치 못하게 짐승처럼 오줌이나 싸고 말이야.

어린 해리 꿈에 엄마 아빠가 나왔어요. 엄마 아빠가…… 두 분이…… 죽는 모습을 본 것 같아요.

피튜니아 이모 글쎄, 왜 내가 그런 얘기를 듣고 있어야 하는지 모르겠구나.

어린 해리 한 남자가 '아드카바 아드'인지 '아카브라 아드'라고 소리치고 있었어요. 그리고 뱀이 쉭쉭거리는 소리가 들렸고요. 엄마가 지르는 비명 소리도 들었어요.

　　　　피튜니아 이모는 잠시 시간을 가지며 마음을 가다듬는다.

피튜니아 이모 네가 진짜 네 부모의 죽음을 본 거라면 끼익 하고 브레이크 밟는 소리와 무시무시한 쿵 소리를 들었겠지. 네 부모는 교통사고로 죽었으니까. 너도 알잖아. 네 엄마는 아마 비명 지를 틈도 없었을 거다. 더 자세히 알지 못하는 게 다행인 줄 알아. 어서 시트 벗기고, 부엌에 가서 박박 닦아. 두 번 말하게 하지 말고.

　　　　피튜니아 이모가 쾅 하고 문을 닫으며 퇴장한다.
　　　　어린 해리는 시트를 든 채로 혼자 남는다.

무대가 일그러지고 나무들이 올라오면서 꿈이 뒤틀려 완전히 다른 광경으로 변한다.

갑자기 나무들 사이에서 알버스가 나타나 어린 해리를 보며 서 있다.

이윽고 그는 세차게 끌어당겨진다.

뱀의 언어로 속삭이는 소리가 흘러나와 극장 안에 울려 퍼진다.

그가 오고 있다. 그가 오고 있다.

누구나 알아챌 그 목소리. 볼드모트의 목소리다…….

해애리 포오터…….

2막 2장

해리와 지니 포터의 집, 계단

잠에서 깬 해리가 어둠 속에서 숨을 깊이 몰아쉰다. 지친 기색이 역력하고 겁에 질려 있다.

해리　　　루모스.

지니가 들어오다 불빛에 놀란다.

지니　　　괜찮아……?
해리　　　잠들었었어.
지니　　　응, 잠들었었지.
해리　　　당신은 안 잤네. 무슨 소식 없었어? 부엉이나……?

지니는 남편을 본다. 지치고 겁에 질린 모습이다.

지니 없었어.

해리 꿈을 꿨어. 내가 계단 밑에 있었는데, 그의 목소리가
들렸어. 볼드모트. 아주 또렷하게.

지니 볼드모트?

해리 그리고, 알버스가 보였어. 붉은 옷, 덤스트랭 로브
를 걸치고 있었어.

지니 덤스트랭 로브?

해리는 생각에 잠긴다.

해리 지니, 그 녀석이 어디에 있는지 알 것 같아…….

2막 3장

호그와트, 교장실

해리와 지니가 맥고나걸 교수의 교장실에 서 있다.

맥고나걸 교수 금지된 숲 어디쯤에 있는지는 모르고?

해리 지난 몇 년 동안 그런 꿈은 꾸지 않았어요. 그런데 알버스가 거기 있었어요. 확실합니다.

지니 최대한 빨리 수색해야 해요.

맥고나걸 교수 롱보텀 교수에게 맡겨 보지. 식물에 대해 해박하니까 도움이 될 거야. 그리고—

갑자기 벽난로가 우르릉 울린다. 맥고나걸 교수가 벽난로를 바라보는데, 불안한 표정이다. 이윽고 헤르미온느가 굴러떨어진다.

151

헤르미온느 그게 사실이야? 내가 도울 일 없어?

맥고나걸 교수 총리, 어떻게 이렇게 갑자기…….

지니 저 때문인 것 같아요. 제가 《예언자일보》 쪽에 긴급 호외를 발행해 달라고 부탁했거든요. 지원자를 모집해 달라고요.

맥고나걸 교수 그랬군. 잘 생각했어. 내 예상으로는…… 지원자가 꽤 있을 거야.

론이 황급히 달려 들어온다. 그을음을 뒤집어쓴 데 다, 그레이비소스가 튄 식사용 냅킨을 두르고 있다.

론 제가 너무 늦었나요? 어느 방향으로 가야 할지 모르겠더라고요. 결국 주방으로 갔지 뭐예요. (헤르미온느가 노려보자 냅킨을 뺀다) 내가 뭘?

갑자기 벽난로가 또 한 번 우르릉 울리더니 드레이코가 그을음과 먼지를 일으키며 세차게 내려온다.
모두가 그를 보고 놀란다. 그가 일어나서 몸에 묻은 그을음을 턴다.

드레이코 바닥을 더럽혀서 죄송해요, 교수님.

맥고나걸 교수 내가 벽난로를 갖고 있는 게 잘못이지.

해리   여길 오다니 뜻밖이군, 드레이코. 내 꿈을 믿지 않는 줄 알았는데.

드레이코   네 꿈은 믿지 않지만 네 운은 믿거든. 일이 터지는 곳엔 늘 해리 포터가 있으니까. 난 내 아들을 무사히 데려와야 하고.

지니   그럼 금지된 숲으로 가서 두 녀석 모두 찾아보죠.

2막 4장

금지된 숲 언저리

알버스와 델피가 지팡이를 들고 마주 서 있다.

알버스   엑스펠리아르무스!

델피의 지팡이가 허공으로 날아간다.

델피   이제 감을 잡았네. 잘하는데.

델피는 알버스에게서 자신의 지팡이를 다시 가져온다.
우아한 목소리로.

"넌 확실히 상대를 무장 해제시키는 남자야."

알버스   엑스펠리아르무스!

멜피의 지팡이가 다시 날아간다.

멜피   성공이야!

두 사람은 하이파이브를 한다.

알버스   원래 주문은 잘 못 했거든요.

무대 뒤쪽에 스코피어스가 나타난다. 그는 여자와
이야기를 나누는 친구를 바라본다. 한편으로는 좋고
또 한편으로는 못마땅하다.

멜피   나도 형편없었어. 그러다 어느 순간 감이 오더라고.
너도 그럴 거야. 내가 엄청 대단한 마법사는 아니지
만 어쨌든 넌 꽤 뛰어난 마법사가 될 것 같아, 알버
스 포터.

알버스   그럼 멜피가 계속 옆에 있어 줘야 해요. 더 많이 가
르쳐 주고—

델피 당연히 네 옆에 있을 거야. 이제 우린 친구잖아. 안
그래?

알버스 그럼요. 당연히 친구죠. 물론이에요.

델피 좋아. 최고야!

스코피어스 뭐가 최고예요?

스코피어스가 단호하게 앞으로 걸어 나온다.

알버스 주문을 익혔거든. 뭐, 기본적인 주문이긴 하지만,
그래도 내가…… 해냈다고.

스코피어스 (그들 사이에 끼려고 과하게 열의를 보이며) 학교로 가
는 길을 찾아냈어. 그런데 이 계획이 정말로 성공할
까…….

델피 그럼!

알버스 훌륭한 계획이야. 세드릭이 살해당하는 것을 막으
려면 그가 트라이위저드 대회에서 우승하지 못하게
해야 해. 우승하지 못하면 죽지도 않을 테니.

스코피어스 그건 나도 알지만…….

알버스 그러니까 그가 우승할 수 없도록 첫 번째 과제를 완
전히 망쳐 놔야 해. 첫 번째 과제는 용의 황금 알을
가져오는 거였지. 세드릭이 어떻게 용의 주의를 돌

렸냐 하면―

델피가 한 손을 허공으로 들어 올린다. 알버스는 빙 긋 웃으며 그녀를 지목한다. 이제 두 사람은 손발이 척척 맞는다.

디고리 양.

델피 바위를 개로 변신시켰답니다.

알버스 그러니까 엑스펠리아르무스를 살짝 써서 그렇게 못 하게 만드는 거지.

스코피어스는 델피와 알버스의 콤비를 못마땅해한 다.

스코피어스 좋아. 두 가지만 짚고 넘어가자. 첫째, 용이 그를 죽 이지 않을 거라고 확신할 수 있어?

델피 얘는 말만 하면 꼭 두 가지를 찾더라. 안 그래? 당연 히 그런 일은 절대 일어날 수 없지. 여긴 호그와트야. 대표 선수가 큰 피해를 입도록 내버려 두지 않아.

스코피어스 알았어요. 둘째, 이건 더 중요한 *문제*예요. 우린 일 을 끝내고서 다시 현재로 돌아올 수 있을지 없을지 모르는 상태로 출발해야 해요. 신나는 일이죠. 그러니까 시험 삼아, 이를테면 한 시간쯤 전으로 돌아가 본 뒤에…….

델피 미안하지만, 스코피어스, 괜히 시간을 낭비할 수는 없어. 학교를 코앞에 두고 시간을 지체하는 건 너무 위험해. 틀림없이 학교에서 너희를 찾고 있을 텐데…….

알버스 델피 말이 맞아.

델피 자, 이제 너희는 이걸 입어야 해—

그녀는 커다란 종이봉투 두 개를 꺼낸다. 두 소년은 그 안에서 로브를 하나씩 꺼낸다.

알버스 하지만 이건 덤스트랭 로브인데요.

델피 삼촌의 아이디어야. 너희가 호그와트 로브를 입고 있으면 사람들은 너희를 아는 사람이라고 생각하겠지. 하지만 트라이위저드 대회에 출전하는 학교가 두 군데 더 있잖아. 덤스트랭 로브를 입고 있으면 별로 신경을 안 쓰지 않겠어?

알버스 좋은 생각이네요! 그런데 델피 로브는요?

델피 알버스, 기분 좋은 말이긴 한데, 내가 학생 행세를

할 수는 없을 것 같아. 그렇지 않니? 난 그냥 뒤에서 무언가를 하고 있을게……. 아, 그래, 용 조련사인 척하면 되겠다. 어차피 마법을 쓰는 일은 너희가 할 거니까.

스코피어스는 그녀를 보고 뒤이어 알버스를 본다.

스코피어스 그냥 가지 마세요.

델피 응?

스코피어스 맞아요. 델피는 마법을 안 써도 되잖아요. 학생 로브를 입을 수 없다면 위험 부담이 너무 커요. 미안하지만 델피는 가지 않는 게 좋겠어요.

델피 그럴 순 없어. 세드릭은 내 사촌이잖아. 알버스?

알버스 스코피어스 말이 맞는 것 같아요. 미안해요.

델피 뭐?

알버스 우리가 잘할게요.

델피 하지만 내가 없으면…… 너희는 타임 터너를 작동할 수도 없잖아.

스코피어스 타임 터너 사용법을 알려 주셨잖아요.

델피는 몹시 당황한다.

델피   안 돼. 너희에게 이걸 맡길 수는…….

알버스   아까 삼촌한테 우릴 믿으라고 했잖아요. 이젠 델피
              가 우릴 믿어 줄 차례예요. 학교가 가까이에 있어요.
              우린 여기서 헤어져야 할 것 같아요.

              델피는 알버스와 스코피어스를 보며 숨을 깊게 들이
              쉰다. 그러곤 고개를 끄덕이며 미소를 짓는다.

델피   그럼 어서 가. 하지만 이건 알아 둬……. 오늘 너희
              는 남들이 누리지 못하는, 역사와 시간 그 자체를 바
              꿀 수 있는 기회를 얻었어. 하지만 무엇보다도, 오늘
              너희는 한 노인에게 아들을 되찾을 기회를 준 걸 잊
              어서는 안 돼.

              델피는 미소 짓는다. 그러곤 알버스를 본다. 상체를
              숙여 알버스의 두 뺨에 부드럽게 입을 맞춘다.
              델피는 숲속으로 걸어간다. 알버스는 델피의 뒷모습
              을 바라본다.

스코피어스 나한텐 키스도 안 해 준 거 알아? (그는 친구를 본다)
              괜찮아, 알버스? 좀 창백해 보인다. 그리고 빨개졌

어. 창백한데 빨갛네.

알버스　　어서 하자.

2막 5장

금지된 숲

숲은 점점 커지고 울창해지는 듯하다. 사람들이 나무들 사이를 헤치며 사라진 마법사들을 찾아다닌다. 그러나 사람들은 서서히 사라지고 마침내 해리 혼자 남는다.

해리의 귀에 어떤 소리가 들린다. 해리는 오른쪽으로 돌아본다.

해리   알버스? 스코피어스? 알버스?

이윽고 말발굽 소리가 들린다. 해리는 화들짝 놀란다. 소리가 어디서 나고 있는지 주위를 두리번거린다.

갑자기 베인이 빛이 있는 곳으로 걸어 나온다. 베인은 건장한 켄타우로스다.

베인　　해리 포터.

해리　　대단하시네요. 여전히 저를 알아보시다니요, 베인.

베인　　더 나이가 들었군.

해리　　그랬죠.

베인　　하지만 현명해지진 않았어. 우리 땅을 무단출입하다니.

해리　　저는 늘 켄타우로스를 존중했습니다. 우린 적이 아니에요. 켄타우로스들은 호그와트 전투에서도 용감하게 싸웠잖아요. 저도 옆에서 함께 싸웠고요.

베인　　난 내 할 일을 한 것뿐이야. 우리 종족을 위해서, 그리고 우리의 명예를 위해서였지. 자네들을 위해 싸운 게 아니야. 그리고 그 전투가 끝난 뒤에 이 숲은 켄타우로스의 땅으로 여겨졌어. 우리 땅에 허락 없이 들어온 자는 우리의 적이야.

해리　　제 아들이 실종됐어요, 베인. 그 애를 찾도록 도와주세요.

베인　　그 애가 여기에 있나? 우리의 숲에?

해리　　네.

베인　　그럼 그 애도 자네만큼 어리석군.

해리　　저를 도와주시겠어요, 베인?

짧은 정적이 흐른다. 베인은 고압적으로 해리를 내려다본다.

베인 난 그저 내가 아는 대로만 얘기해 주겠네⋯⋯. 하지만 자넬 위해서가 아니라 우리 종족을 위해서야. 켄타우로스가 또 전쟁을 치르는 일은 막아야 하니까.

해리 그건 저희도 마찬가지입니다. 뭘 알고 계시죠?

베인 난 자네 아들을 봤어, 해리 포터. 별들의 움직임 속에서 그 애를 보았지.

해리 별들 속에서 그 애를 보셨다고요?

베인 그 애가 어디에 있는지는 말해 줄 수 없네. 어떻게 하면 그 애를 찾을 수 있는지도 말해 줄 수 없고.

해리 하지만 무언가를 보셨다고요? 무언가를 예지하신 건가요?

베인 자네 아들 주위에 검은 구름이 있어. 위험한 검은 구름이.

해리 알버스 주위에요?

베인 그 검은 구름은 우리 모두를 위험에 빠트릴 수도 있다네. 자넨 아들을 다시 찾을 거야, 해리 포터. 하지만 그러고 나서 그 애를 영영 잃을 수도 있어.

그는 말 울음소리를 낸 뒤, 혼란에 빠진 해리를 두고 냉정하게 가 버린다.

해리는 다시 숲을 뒤지기 시작한다. 아까보다 훨씬 더 절박하게.

해리　　알버스! 알버스!

2막 6장

금지된 숲 언저리

스코피어스와 알버스가 모퉁이를 돌아 나무들 사이의 틈을 마주한다…….
그 틈으로…… 영롱한 빛이 보인다…….

스코피어스 저기 있네…….

알버스가 눈앞의 광경을 보고 침을 꿀꺽 삼킨다.

알버스 호그와트. 이쪽에서 보는 건 처음이다.

스코피어스 그래도 여전히 찌릿하지 않아? 학교를 보면 말이야.

나무들 사이로 **호그와트**가 드러난다. 둥글둥글한

건물과 탑 들이 장관을 이룬다.

난 저 학교 얘기를 처음 들은 그 순간부터 얼마나 다니고 싶었는지 몰라. 뭐, 우리 아빠는 저길 썩 좋아하지 않았지만 그런 아빠의 얘기를 듣고도……. 난 열 살 때부터 매일 아침 눈뜨자마자 가장 먼저 《예언자일보》를 훑어봤어. 왠지 저곳에 어떤 비극이 닥쳤을 것만 같아서, 왠지 내가 다닐 수 없게 될 것만 같아서.

알버스 그러다 마침내 입학하게 되었는데 알고 보니 끔찍한 곳이었지.

스코피어스 난 그렇진 않았어.

알버스는 깜짝 놀라 친구를 본다.

내가 진짜 하고 싶었던 건 호그와트에 가서 대모험을 함께할 친구를 만드는 일이었거든. 꼭 해리 포터처럼 말이야. 그런데 그분의 아들을 만났잖아. 정말 말도 안 되는 행운이지.

알버스 하지만 난 우리 아빠하고는 딴판이잖아.

스코피어스 넌 아빠보다 훨씬 나아. 나한텐 최고의 친구라고, 알버스. 게다가 이보다 더한 모험은 없을 거야. 끝내주는 일이지. 엄지를 척 들어 올릴 정도로 말이야. 다만, 솔직히 말하면…… 그냥 털어놓을게. 살짝, 아주 살짝 겁이 나.

알버스는 스코피어스를 보며 미소 짓는다.

알버스 너도 나한테 최고의 친구야. 그리고 걱정하지 마. 이번 일은 어쩐지 예감이 좋거든.

무대 밖에서 론의 목소리가 들린다. 아주 가까이 있는 게 분명하다.

론 알버스? 알버스!

알버스가 기겁하며 소리 나는 쪽을 돌아본다.

알버스 어쨌든 빨리 가야겠다. 당장.

알버스가 스코피어스에게서 타임 터너를 빼앗는다. 그가 그것을 누르자, 타임 터너가 덜덜 떨리기 시작하더니, 곧이어 격렬하게 움직인다.

그와 동시에 무대가 바뀌기 시작한다. 두 소년은 그 광경을 바라보고 있다.

쉭 하고 거대한 빛이 지나간다. 요란한 소리가 난다.

그리고 시간이 정지한다. 이윽고 시간이 방향을 틀더니 잠시 주춤하다 뒤로 감기기 시작한다. 처음에는 느리게……

그러다 점점 빨라진다.

2막 7장

1994년 트라이위저드 대회, 금지된 숲 언저리

갑자기 사방에서 떠들썩한 함성이 터지고 알버스와 스코피어스
는 수많은 인파에 휩싸인다.

그리고 불현듯 '지구상에서 가장 훌륭한 사회자(타칭이 아니라
자칭)'가 무대에 등장해 있다. 그는 소노루스 주문으로 자신의
목소리를 증폭시키며…… 몹시…… 신나게 즐기고 있다.

루도 배그먼 신사 숙녀, 소년 소녀 여러분, 세계 최고의 시합, 그
무엇도 따라올 수 없는 굉장한 시합, 세계 유일의 **트
라이위저드 대회**를 시작하겠습니다.

커다란 환호성이 터진다.

호그와트 여러분, 환호해 주세요.

커다란 환호성이 터진다.

덤스트랭 여러분, 환호해 주세요.

커다란 환호성이 터진다.

그리고 보바통 여러분, 환호해 주세요.

조금 시원찮은 환호성이 터진다.

프랑스 학생들은 열정이 살짝 덜한 것 같군요.

스코피어스 (미소를 지으며) 이번엔 성공이야. 저 사람, 루도 배그먼이잖아.

루도 배그먼 소개를 이어 가겠습니다. 신사 숙녀, 소년 소녀 여러분, 오늘 여러분이 이 자리에 오신 이유죠. **대표 선수들**을 소개합니다. 덤스트랭의 대표, 인상적인 눈썹과 인상적인 걸음걸이가 돋보이는 인상적인 남자, 빗자루 위에선 어떠한 도전도 마다하지 않는 남자, 미치광이 빅토르 크룸!

스코피어스와 알버스 (덤스트랭 학생 행세에 푹 빠져 있다) 미치광이 크룸 만세. 미치광이 크룸 만세.

루도 배그먼 보바통 마법 아카데미의 '쥐트 알로르'*, 플뢰르 들 라쿠르!

예의를 차리는 듯한 박수갈채가 쏟아진다.

호그와트에서는 한 명이 아니라 두 명이 나왔는데요, 그를 보면 우리는 다리가 후들거리죠. 상큼한 세드릭 디고리.

군중이 마구 함성을 내지른다.

그리고 또 한 명을 소개합니다. 여러분은 '살아남은 아이'라 부르지만, 저는 끊임없이 우리 모두를 놀라게 하는 소년이라 부르고 싶네요…….

알버스 우리 아빠네.

루도 배그먼 그렇습니다, 용맹스러운 해리 포터.

---

* 프랑스어에서 온 말로 욕을 순화한 말이다. 영미권에서 '젠장' '제기랄' '빌어먹을'이란 뜻으로 사용된다.

환호가 터져 나온다. 군중 한쪽 끝에 자리한 초조한 얼굴의 소녀가 특히 크게 환호한다. (로즈 역의 배우가 연기하는) 어린 헤르미온느다. 누가 들어도 해리를 향한 환호성은 세드릭을 향한 환호성보다 조금 못하다.

자, 모두 조용해 주시기 바랍니다. 첫 번째 과제는 황금 알을 가져오는 것인데요. 어디서 가져오느냐. 신사 숙녀, 소년 소녀 여러분, 바로 그들의 보금자리에서 가져옵니다. 소개합니다. **용**들과 이들을 돌보는 **찰리 위즐리**입니다.

또 한 번 함성이 터진다.

어린 헤르미온느 너희 말이야, 그렇게 가까이 서 있을 거면 나한테 입김 좀 내뿜지 말아 줬으면 좋겠다.

스코피어스 로즈? 네가 여기 어쩐 일이야?

어린 헤르미온느 로즈가 누구야? 그리고 넌 어떻게 그렇게 우리 말 발음이 좋아?

알버스 (어눌한 억양으로) 미안. 헤르미온느. 얘가 다른 사람으로 착각했나 봐.

어린 헤르미온느 넌 내 이름을 어떻게 알아?

루도 배그먼 지체하지 않고 곧바로 첫 번째 대표 선수를 불러 보겠습니다. 스웨덴 쇼트스나우트와 맞설 **세드릭 디고리**입니다!

용의 포효가 들리자 어린 헤르미온느는 그쪽으로 관심을 돌리고, 알버스는 지팡이를 준비한다.

세드릭 디고리가 무대로 올라왔습니다. 준비가 된 것 같네요. 겁먹었지만 준비는 되었어요. 피했습니다. 또 한 번 피하는군요. 그가 몸을 숨기려고 뛰어들 때마다 여학생들이 쓰러지는데요. 여학생들이 한마음으로 외칩니다. 용아, 제발 우리 디고리를 해치지 말아 줘.

스코피어스는 걱정스러운 얼굴이다.

스코피어스 알버스, 뭔가 잘못된 것 같아. 타임 터너가 떨리고 있어.

재깍거리는 소리가 나기 시작한다. 끊임없이 재깍거

리는 소리가 위험하게 느껴진다. 타임 터너에서 나
는 소리다.

루도 배그먼 세드릭이 왼쪽으로 피한 뒤 오른쪽으로 뛰어듭니
다. 지팡이를 준비하는데요. 이 젊고 용감하며 잘생
긴 청년은 과연 어떤 재주를 준비했을까요—

알버스 (지팡이를 내밀며) 엑스펠리아르무스!

세드릭의 지팡이가 알버스의 손으로 소환된다.

루도 배그먼 아, 이게 어떻게 된 일일까요? 어둠의 마법인가요,
아니면 뭔가 다른 일이 벌어진 걸까요? 세드릭 디고
리가 무장 해제를 당했는데요—

스코피어스 알버스, 아무래도 타임 터너가…… 좀 이상해…….

타임 터너의 재깍거림이 점점 커지고 있다.

루도 배그먼 우리의 디고리가 아주 난감해졌네요. 이번 과제는
이대로 끝날 수도 있겠는데요. 아예 시합을 포기해
야 할지도 모르겠네요.

스코피어스가 알버스를 잡는다.

재깍거리는 소리가 최고조에 달하면서 섬광이 번쩍
한다.

다시 현재로 돌아온다. 알버스가 고통스러운 듯 소
리를 지르고 있다.

스코피어스   알버스! 다쳤어? 알버스, 너—

알버스   어떻게 된 거야?

스코피어스   시간제한이 있나 봐. 타임 터너에 *시간*제한이 있었
던 게 분명해.

알버스   우리가 성공했을까? 뭔가 바뀌긴 했을까?

갑자기 무대 사방에서 해리와 론(옆 가르마를 타고 훨
씬 더 고루해 보이는 옷을 입고 있다), 지니, 드레이코
가 나타난다. 스코피어스는 그들 모두를 보고서 타
임 터너를 호주머니에 밀어 넣는다. 알버스는 좀 더
멍한 얼굴로 그들을 바라본다. 그는 몹시 고통스러
워하고 있다.

론   내가 그랬잖아. 애들을 봤다니까.

스코피어스   곧 알게 되겠지.

알버스   어, 아빠. 무슨 일 있어요?

해리는 기가 막힌다는 듯이 아들을 본다.

해리   그래, 그렇다고 할 수 있지.

알버스가 바닥에 쓰러진다. 해리와 지니가 알버스를
부축하러 달려간다.

2막 8장

호그와트, 교내 병원

알버스가 병원 침대에 잠들어 있다. 해리는 근심 가득한 얼굴로 그 옆에 앉아 있다. 해리와 알버스 위에는 다정해 보이지만 걱정스러운 표정을 짓고 있는 한 남자의 초상화가 걸려 있다. 이 초상화가 두 사람을 주의 깊게 바라본다. 해리는 눈을 비비고 일어나 허리를 펴며 병실 안을 돌아다닌다.

그러다 그림 속 남자와 눈이 마주친다. 남자는 자신이 눈에 띄었다는 사실에 화들짝 놀라는 듯하다. 해리도 화들짝 놀란다.

해리   덤블도어 교수님.

덤블도어   안녕, 해리.

해리   뵙고 싶었어요. 요즘엔 교장실에 들를 때마다 교수님 액자가 비어 있더라고요.

덤블도어 아, 그랬군. 가끔 다른 데 걸린 내 초상화에도 가 보
거든. (알버스를 본다) 아이는 괜찮나?

해리 24시간째 자고 있어요. 폼프리 선생님이 팔을 다시
끼워 맞춰야 해서 재워 놓았죠. 선생님 말로는 정말
이상한 일이라더군요……. 팔뼈가 20년 전에 부러
져서 '정반대' 방향으로 방치되어 있었던 것 같대요.
그래도 괜찮아질 거랍니다.

덤블도어 자식이 고통스러워하는 모습을 지켜보는 건 힘든 일
이겠지.

해리는 덤블도어를 올려다본 다음 알버스를 내려다
본다.

해리 제가 이 아이에게 교수님 이름을 붙인 것에 대해 어
떻게 생각하시는지 여쭤 보지 않았었죠?

덤블도어 해리, 솔직하게 말하면 가엾은 아이에게 막중한 부
담을 안겨 주는 일인 것 같구나.

해리 교수님 도움이 필요해요. 교수님의 조언이 필요합
니다. 베인이 그러는데, 알버스가 위험에 처해 있대
요. 어떻게 하면 제 아들을 보호할 수 있을까요, 덤
블도어 교수님?

덤블도어   끔찍한 위험에 처한 아이를 어떻게 보호해야 하는
지, 하고많은 사람 중에 하필 나한테 묻는 건가? 우
린 아이들이 해를 입지 않게 보호할 수 없네. 고통은
불가피하고 필연적인 것이거든.

해리   그러니까 그냥 비켜서서 지켜봐야 한다는 겁니까?

덤블도어   아니. 아이에게 삶에 맞서는 방법을 가르쳐야지.

해리   어떻게요? 이 녀석은 들으려 하지도 않을 거예요.

덤블도어   아마 이 아이는 아빠가 자신을 제대로 봐 주길 기다
리고 있을 거야.

　　　해리는 인상을 쓰며 이 말을 이해하려고 노력한다.

　　　(감상적으로) 초상화의 저주이자 축복이지……. 이런
저런 얘기를 듣는 것 말이네. 학교에서, 마법 정부에
서 사람들의 얘기가 들려오거든…….

해리   저랑 제 아들에 대해 어떤 소문이 도는 겁니까?

덤블도어   소문이 아니야. 걱정이지. 자네 부자가 힘겨운 시간
을 보내고 있다더군. 저 아이가 힘들어한다고, 그 애
가 자네한테 화가 났다고 들었네. 나는…… 어쩌면
자네가 사랑에 눈이 멀어서 아이를 제대로 보지 못
하는 게 아닐까 하는 생각이 들더군.

해리 눈이 멀었다고요?

덤블도어 아이를 있는 그대로 봐 줘야 해, 해리. 그 애를 힘들게 하는 게 무엇인지 알아봐야지.

해리 제가 이 녀석을 있는 그대로 봐 주지 않았다고요? 제 아들을 힘들게 하는 게 뭔가요? (잠시 생각한다) 아니, 제 아들을 힘들게 하는 누군가가 있는 거죠?

알버스 (잠결에 웅얼거린다) 아빠…….

해리 그 검은 구름, 사람 아닌가요? 무언가가 아니라?

덤블도어 사실, 이제 내 의견이 뭐가 중요하겠나? 난 그림이고 기억일 뿐이야, 해리. 그림이고 기억일 뿐이라고. 게다가 난 아들을 키워 본 적도 없다네.

해리 그래도 제겐 교수님의 조언이 필요해요.

알버스 아빠?

해리는 알버스를 본 다음 다시 덤블도어를 본다. 그러나 덤블도어는 사라지고 없다.

해리 안 돼요. 어디로 가신 거예요?

알버스 여기…… 교내 병원이에요?

해리는 다시 알버스에게로 주의를 돌린다.

해리   (당황해서) 그래. 그리고 넌…… 괜찮아질 거야. 폼
        프리 선생님이 무슨 약을 처방해야 할지 모르겠으니
        일단 초콜릿을 많이 먹으라고 하셨어. 그런데 아빠
        가 좀 먹어도 되겠니? 너한테 할 얘기가 있는데 네
        가 좋아하지 않을 것 같거든.

        알버스는 아빠를 본다. 무슨 얘기를 하려는 걸까? 알
        버스는 상관하지 않기로 한다.

알버스   뭐, 그러세요.

        해리는 초콜릿을 집어 든다. 그러곤 큰 덩어리 하나
        를 먹는다. 알버스는 혼란스러운 얼굴로 아빠를 바
        라본다.

        좀 나아졌어요?

해리   훨씬.

        그는 초콜릿을 아들에게 내민다. 알버스도 한 조각
        먹는다. 아버지와 아들이 함께 초콜릿을 씹는다.

팔은 좀 어때?

알버스는 팔을 움직여 본다.

알버스 좋아요.

해리 (부드럽게) 어디 갔었니, 알버스? 우리가 얼마나 걱
정했는지 말로 다 설명할 수가 없구나……. 네 엄마
는 속이 타들어 갔어…….

알버스가 고개를 든다. 알버스는 거짓말에 아주 능
하다.

알버스 우린 학교에 가기 싫었어요. 새 출발을 하면 좋겠다
고 생각했죠. 머글 세계에서 말이에요. 하지만 잘못
생각했다는 걸 깨달았어요. 그래서 호그와트로 돌
아가고 있는데, 그때 어른들이 우리를 찾은 거예요.

해리 덤스트랭 로브를 걸치고?

알버스 그 로브는…… 사실, 스코피어스랑 저는 별생각이
없었어요.

해리 그런데 왜…… 왜 도망갔니? 아빠 때문이야? 아빠
가 그런 말을 해서?

알버스	모르겠어요. 호그와트는 잘 맞지 않는 사람에겐 그리 기분 좋은 곳이 아니잖아요.
해리	그리고 스코피어스가…… 가자고 했니?
알버스	스코피어스가요? 아뇨.

해리는 마치 알버스 주위의 기운을 감지하려는 사람처럼 그를 바라보며 깊은 생각에 잠긴다.

해리	널 스코피어스 말포이와 떨어뜨려 놓아야겠다.
알버스	뭐라고요? 스코피어스는 왜요?
해리	너희가 어떻게 친구가 되었는지 모르겠지만 어쨌든 친구가 되었더구나. 하지만 이제 그 애와―
알버스	제 단짝인데요? 하나뿐인 친구랑 떨어지라고요?
해리	그 애는 위험해.
알버스	스코피어스가요? 위험하다고요? 그 애를 만나 보셨어요? 아빠, 혹시 그 애가 정말 볼드모트의 아들이라고 생각하시는 거라면―
해리	그 애가 누구인지는 모르겠다. 아빠가 아는 건 네가 그 애와 붙어 있으면 안 된다는 사실뿐이야. 베인이 그랬어―
알버스	베인이 누구예요?

해리   점술 실력이 뛰어난 켄타우로스야. 베인은 네 주위에 검은 구름이 있다고 했고—

알버스   검은 구름?

해리   나에겐 어둠의 마법이 부활하고 있다고 믿을 만한 확실한 근거가 있단다. 그러니까 나는 널 그것에게서 안전하게 보호해야 해. 그 애에게서 떼어 놓아야 한다고. 스코피어스에게서.

       잠시 망설이던 알버스. 곧 얼굴이 굳어진다.

알버스   제가 싫다면요? 그 애랑 떨어지지 않겠다면요?

       해리는 아들을 보며 재빨리 생각한다.

해리   지도가 있다. 예전에 나쁜 짓을 하려는 아이들이 사용했던 지도야. 앞으로는 그 지도를 사용해 항상 널 주시할 생각이다. 시시각각. 맥고나걸 교수님이 네 일거수일투족을 감시하실 거야. 너희가 함께 있는 모습이 보이면 교수님이 바로 달려가실 거다. 네가 호그와트를 벗어나려 해도 교수님이 달려가실 거고. 앞으로 수업에 꼬박꼬박 들어가라. 이제 스코피

어스와 같이 듣는 수업은 하나도 없을 거야. 쉬는 시
간에는 그리핀도르 휴게실에 있어!

알버스   제가 어떻게 그리핀도르에 들어가요! 전 슬리데린이
라고요!

해리   엉뚱한 수작 부릴 생각은 하지도 마라, 알버스. 네
기숙사가 어디인지는 너도 알잖아. 네가 스코피어
스와 함께 있는 모습이 교수님 눈에 띄면 그땐 아빠
가 주문으로 해결하겠어. 마법을 사용해 네 일거수
일투족, 네가 하는 말을 모두 직접 보고 듣겠단 말이
다. 그리고 지금부터 우리 부서에서 스코피어스의
진짜 혈통에 대해 조사를 시작할 거야.

알버스   (울음을 터트리며) 하지만 아빠…… 안 돼요…… 그건
너무…….

해리   아빠 오랫동안 네게 충분히 좋은 아빠가 되지 못했
다고 생각했다. 네가 날 좋아하지 않았으니까. 이제
야 깨달았어. 네가 날 좋아하게 만들 필요는 없다는
걸. 난 네 아빠고 너보다 더 아는 게 많으니까 네가
복종하게 만들면 되는 거였어. 미안하다, 알버스.
이 방법밖에 없는 것 같구나.

2막 9장

호그와트, 계단

알버스가 무대를 가로질러 해리를 쫓아간다.

알버스   제가 도망가면요? 전 도망갈 거예요.

해리   알버스, 침대로 돌아가라.

알버스   저는 다시 도망갈 거예요.

해리   아니, 그럴 순 없을 거다.

알버스   도망갈 거예요. 이번에는 론 삼촌도 찾을 수 없는 곳으로 갈 거라고요.

론   누가 내 얘기를 하나?

> 론이 계단에 등장한다. 또렷한 옆 가르마는 구제 불능 수준이고, 로브는 너무 짧으며, 고루한 옷차림이

가관이다.

알버스   론 삼촌! 덤블도어, 감사합니다. 그렇지 않아도 지
금 우리한테는 삼촌의 유머가 절실히 필요했거든
요…….

론은 혼란스러운 듯이 인상을 쓴다.

론   유머? 난 그런 거 모르는데.

알버스   모르긴요. 삼촌은 장난감 가게를 하시잖아요.

론   (더욱 혼란스러운 얼굴로) 장난감 가게? 글쎄. 어쨌
든 널 찾아서 정말 다행이야……. 사실 난 간식거리
를 가져오려고 했거든……. 그게, 그러니까, 말하자
면 빨리 나으라고 말이야. 그런데…… 글쎄 파드마
가…… 파드마는 이래저래 생각을 더 많이 하잖아.
나보다 훨씬 더 생각이 깊지. 어쨌든 파드마가 차라
리 학교생활에 필요한 걸 주는 게 낫겠다고 하더라
고. 그래서 깃펜 세트를 가져왔어. 그래, 봐. 그래.
이 녀석들 좀 보라고. 최고급이야.

알버스   파드마가 누구예요?

해리는 인상을 쓰며 알버스를 본다.

해리 네 숙모잖아.

알버스 저한테 파드마 숙모가 있어요?

론 (해리에게) 이 녀석 머리에 혼돈 마법이라도 걸렸나? (알버스에게) 내 아내 파드마 말이야. 기억하잖아. 말할 때 얼굴을 바싹 들이미는 버릇이 있고 살짝 박하향이 나잖아. (몸을 바싹 기울이며) 판주 엄마 파드마 말이야! (해리에게) 물론, 난 그 애 때문에 여기 왔지. 판주 때문에. 그 녀석이 또 사고를 쳤거든. 난 그냥 하울러를 보내고 말려 했는데 파드마가 직접 찾아가 보라고 성화를 부려서. 왜 그러는지 모르겠어. 그 녀석은 날 우습게 보는데.

알버스 하지만…… 삼촌은 헤르미온느 숙모랑 결혼했잖아요.

휴지. 론은 도무지 이해가 되지 않는다.

론 헤르미온느? 말도 안 돼. 무슨 그런 소리를. 멀린의 턱수염이여.

해리 알버스는 자기가 그리핀도르로 배정받은 사실도 잊었어. 편리하게도 말이지.

론 저런, 미안하지만 친구, 넌 그리핀도르야.

알버스 하지만 제가 어떻게 그리핀도르로 배정을 받았죠?

론 네가 기숙사 배정 모자를 설득한 거 기억 안 나? 판주가 넌 죽는 한이 있어도 그리핀도르에 들어갈 수 없다고 우겨 대니까 네가 그 녀석을 열받게 하려고 그리핀도르를 선택했잖아. 그럴 만도 하지. (냉정하게) 우리 모두 가끔은 그 녀석 얼굴에서 미소를 지워 주고 싶으니까. 안 그래? (겁에 질려) 내가 이런 얘기 한 거 파드마한테는 절대 말하면 안 된다.

알버스 판주가 누구예요?

론과 해리가 알버스를 바라본다.

론 미치겠군. 너 정말 정신을 딴 데 **빼놓은** 모양이구나? 어쨌든 난 이만 가 봐야겠다. 이러다 내가 하울러를 받겠어.

론은 발이 걸려 비틀거린다. 전혀 론답지 않은 모습이다.

알버스   하지만 이건…… 말도 안 돼요.

해리   알버스, 네가 무슨 꿍꿍이로 이러는지 모르겠지만 소용없어. 아빠는 절대 마음을 바꾸지 않을 거니까.

알버스   아빠, 둘 중 하나를 선택하세요. 저를 데려다—

해리   아니, 선택은 네가 해라, 알버스. 내가 시키는 대로 하든가 아니면 이보다 더, 훨씬 더 큰 벌을 받든가. 이해했니?

　　　계단 맞은편에 스코피어스가 나타난다. 그는 알버스를 보고 기뻐한다.

스코피어스   알버스? 너 괜찮구나. 정말 다행이다.

　　　해리는 스코피어스를 무시하고 지나쳐 걸어간다.

해리   알버스는 다 나았다. 우린 이만 가 봐야겠구나.

　　　알버스는 고개를 들어 스코피어스를 보고 마음 아파한다. 그러곤 스코피어스의 간절한 시선을 외면하며 아빠를 따라간다.

스코피어스　나한테 화났어? 왜 그래?

　　　　　알버스는 걸음을 멈추고 스코피어스를 돌아본다.

알버스　　성공했어? 뭐 하나라도 효과가 있었어?

스코피어스　아니…… 하지만 알버스—

해리　　　알버스. 대체 무슨 헛소리를 하는 건지 모르겠지만 당장 그만둬. 마지막 경고다.

　　　　　알버스는 아빠와 친구 사이에서 갈팡질팡한다.

알버스　　난 못 해, 알았지?

스코피어스　뭘?

알버스　　그냥— 우린 떨어져 있는 게 더 나을 거야, 알았지?

　　　　　스코피어스는 멀어져 가는 알버스의 뒷모습을 바라본다. 마음이 아프다.

2막 10장

호그와트, 교장실

맥고나걸 교수는 몹시 못마땅한 얼굴이고, 해리는 무척 단호해 보이며, 지니는 어찌 해야 할지 갈피를 잡지 못한다.

맥고나걸 교수 도둑 지도는 그런 용도로 만들어진 게 아닐 텐데.

해리   둘이 같이 있는 모습이 보이면 최대한 빨리 가셔서 둘을 떼어 놔 주세요.

맥고나걸 교수 해리, 정말 그게 옳은 결정이라고 생각하니? 켄타 우로스의 지혜를 의심할 생각은 눈곱만큼도 없지만 베인은 분노에 가득 찬 켄타우로스야……. 이기적 인 목적을 위해 별자리를 왜곡할 수도 있어.

해리   저는 베인을 믿습니다. 알버스는 스코피어스와 떨 어져 있어야 해요. 자기를 위해서나 다른 사람들을 위해서나.

지니　그러니까 이 사람이 하려는 말은…….

해리　(단호하게) 교수님도 다 알아들으셨어.

지니는 해리의 말투에 놀라 해리를 쳐다본다.

맥고나걸 교수　알버스는 이 나라에서 최고로 꼽히는 마법사들에게 검사를 받았지만 어느 누구도 나쁜 주문이나 저주를 발견하거나 감지하지 못했어.

해리　그리고 덤블도어…… 덤블도어 교수님이 말씀하셨어요―

맥고나걸 교수　뭐라고?

해리　그분의 초상화요. 덤블도어 교수님과 얘기를 나눴어요. 그분이 해 주신 말씀도 일리가 있었죠―

맥고나걸 교수　덤블도어 교수님은 돌아가셨어, 해리. 그리고 내가 전에도 말했듯이 초상화가 보여 주는 모습은 원래 그 사람의 절반에도 미치지 못해.

해리　제가 사랑에 눈이 멀었다고 하시더라고요.

맥고나걸 교수　교장의 초상화는 일종의 회고록이야. 내 결정을 도와주는 장치가 될 수는 있지. 하지만 내가 교장직을 맡을 때 초상화를 그 사람 자체로 착각해선 안 된다

는 조언을 들었네. 자네한테도 똑같은 조언을 해 줘
야겠군.

해리　하지만 그분 말씀이 옳았어요. 이제 알겠어요.

맥고나걸 교수　해리, 그동안 중압감이 심했겠지. 알버스가 사라지
고, 그 애를 찾아다니고, 흉터가 아픈 이유도 걱정해
야 했으니까. 하지만 내 말 들어. 자넨 지금 실수하
고 있는 거야―

해리　알버스는 원래 저를 좋아하지 않았어요. 앞으로도
그럴지 모르죠. 그래도 이젠 안전할 겁니다. 외람되
지만 교수님, 교수님은 자식이 없으니―

지니　해리!

해리　―이해하지 못하시겠죠.

맥고나걸 교수　(몹시 상처받은 얼굴로) 그래도 평생 아이들을 가르
치며 살았는데―

해리　이 지도를 보면 제 아들이 어디 있는지 실시간으로
확인할 수 있어요. 꼭 사용해 주세요. 사용하시지 않
는다는 얘기가 들리면 마법 정부의 힘을 최대한 동
원해 이 학교에 책임을 묻겠습니다. 알아들으셨죠?

맥고나걸 교수　(과격한 말에 당황하며) 알았네.

지니는 해리를 본다. 해리가 왜 이러는지 모르겠다

는 표정이다. 해리는 지니를 보지 않는다.

2막 11장

호그와트, 어둠의 마법 방어법 수업

알버스가 조금 쭈뼛거리며 교실에 들어선다.

헤르미온느 아이고, 이런. 기차에서 뛰어내린 우리의 도망자잖
아. 드디어 우리 곁으로 돌아오셨네.

알버스 헤르미온느 숙모?

알버스는 놀란 모습이다. 교실 앞에 헤르미온느가
서 있다.

헤르미온느 그레인저 교수님이라 불러야 할 텐데, 포터.

알버스 여기서 뭐 하세요?

헤르미온느 가르치고 있지. 나의 죄로 인해. 넌 여기 어쩐 일이

니? 배우러 온 거면 좋겠구나.

알버스   하지만…… 하지만…… 마법 정부 총리시잖아요.

헤르미온느 요즘 또 이상한 꿈을 꾸니, 포터? 오늘 우리는 패트
로누스 마법을 배울 거다.

알버스   (어리둥절해하며) 어둠의 마법 방어법을 가르치세요?

킥킥거리는 소리가 들린다.

헤르미온느 더는 못 참겠구나. 어리석게 군 죄로 그리핀도르는
10점 감점이다.

폴리 채프먼 (몹시 억울해하며 일어선다) 안 돼요. 안 돼. 쟤는 일부
러 저러는 거예요. 쟤는 그리핀도르를 싫어한다고
요. 다 아는 사실이에요.

헤르미온느 점수 더 깎이기 전에 앉아라, 폴리 채프먼. (폴리가
한숨을 쉬며 자리에 앉는다) 그리고 너도 앉았으면 좋
겠구나, 알버스. 수작 그만 부리고.

알버스   하지만 교수님은 이렇게 심술궂지 않으셨잖아요.

헤르미온느 알버스 포터에게 내가 얼마나 심술궂은지 확인시켜
주기 위해 그리핀도르에서 20점 감점하겠다.

얀 프레더릭스 알버스, 너 당장 앉지 않으면…….

198

알버스가 자리에 앉는다.

알버스 뭐 하나 여쭤—

헤르미온느 아니, 안 돼. 그냥 조용히 있어, 포터. 그러지 않으면 가뜩이나 없는 인기가 더 떨어질 테니까. 자, 패트로누스가 뭔지 아는 사람? 없어? 아무도 없다니. 너희처럼 실망스러운 아이들은 처음이다.

헤르미온느는 엷은 미소를 짓는다. 사실 헤르미온느는 조금 심술궂다.

알버스 이건 말도 안 돼요. 로즈는 어디 있어요? 로즈도 지금 교수님을 보면 기가 막힌다고 할걸요.

헤르미온느 로즈가 누구야? 네 투명 인간 친구니?

알버스 로즈 그레인저위즐리요! 교수님 딸이잖아요! (그러곤 문득 깨닫는다) 아 참…… 론 삼촌하고 결혼하지 않았다면 로즈도—

낄낄거리는 소리가 들린다.

헤르미온느 감히 무슨 소리를 하는 거야! 그리핀도르 50점 감점이다. 단언하건대, 누구라도 또 한 번 수업을 방해했다가는 그땐 100점 감점이야…….

헤르미온느는 교실 안을 둘러본다. 모두 꼼짝도 하지 않는다.

좋아. 패트로누스는 우리의 가장 긍정적인 감정들이 모두 투사된 일종의 마법 주문으로, 자신이 가장 친밀감을 느끼는 동물의 형태를 취한다. 빛의 선물이라고 할 수 있지. 패트로누스 마법을 쓰면 세상으로부터 자신을 보호할 수 있어. 조만간 우리 중 누군가에게 이 마법이 꼭 필요할 것 같구나.

2막 12장

호그와트, 계단

알버스가 계단을 오르고 있다. 그러면서 주위를 두리번거린다.
아무것도 보이지 않는다. 알버스가 퇴장한다. 계단들이 춤을 추
듯이 움직인다.

스코피어스가 알버스의 뒤를 이어 등장한다. 스코피어스는 알
버스를 봤다고 생각하지만 그곳에 없다는 사실을 깨닫는다.

스코피어스는 바닥에 털썩 주저앉고, 그가 앉은 계단이 돌아간
다.

후치 선생이 들어와 그 계단을 올라간다. 계단 꼭대기에서 후치
선생은 스코피어스에게 비키라는 손짓을 한다.

스코피어스는 비킨다. 그러곤 슬며시 퇴장한다. 스코피어스에
게서 절망적인 외로움이 뚜렷하게 엿보인다.

알버스가 들어와 계단 하나를 올라간다.

스코피어스가 들어와 다른 계단을 올라간다.

두 계단이 만난다. 두 소년은 서로를 본다.

절망과 희망이 동시에 오간다.

하지만 알버스가 시선을 피하자 그 순간이 끝나 버린다. 그와 함께 우정도 끝나 버린 듯하다.

이제 두 계단이 분리된다. 두 소년은 서로를 바라본다. 한 명은 죄책감에, 또 한 명은 괴로움에 시달리고 있다. 두 소년 모두 몹시 불행하다.

2막 13장

해리와 지니 포터의 집, 부엌

지니와 해리가 서로를 보며 경계하고 있다. 둘 다 논쟁을 치러야 한다는 사실을 안다.

해리   옳은 결정이었어.

지니   거의 확신하는 것 같네.

해리   당신은 나더러 그 애에게 솔직하라고 했지만 사실난 나 자신에게 솔직해야 했어. 내 마음이 하는 말을믿어야 했다고…….

지니   해리, 자긴 역대 마법사를 통틀어 가장 선한 마음을가진 마법사인데, 그 마음이 그렇게 시켰다니 믿기지 않는다.

문 두드리는 소리가 들린다.

다행인 줄 알아.

지니가 퇴장한다.

잠시 후 드레이코가 들어온다. 머리끝까지 화가 났

지만 잘 억누르고 있다.

드레이코 오래 있지는 않을 거야. 잠깐이면 돼.

해리 무슨 일로 왔지?

드레이코 싸우려고 온 건 아니야. 내 아들이 울고 있고 난 그

애의 아빠니까 네가 왜 잘 지내던 두 친구를 떼어 놓

으려 하는지 물어보러 왔어.

해리 난 그 애들을 떼어 놓지 않았어.

드레이코 학교 시간표를 바꾸고 교수들과 알버스를 모두 협박

했잖아. 이유가 뭐야?

해리는 조심스레 드레이코를 보다가 고개를 돌린다.

해리 내 아들을 보호해야 하니까.

드레이코 스코피어스에게서?

해리   베인이 내 아들의 주위에서 어둠이 느껴진다고 하더군. 내 아들 가까이에서 말이야.

드레이코   무슨 뜻으로 하는 말이지, 포터?

       해리는 고개를 돌려 드레이코의 눈을 똑바로 본다.

해리   정말…… 그 애가 자네 아들이라고 확신하나, 드레이코?

       지독한 침묵이 흐른다.

드레이코   그 말 취소해…… 당장.

       그러나 해리는 그러지 않는다. 그러자 드레이코가 지팡이를 꺼낸다.

해리   정말 해보겠다는 건 아니겠지.

드레이코   아니, 해보겠다는 거야.

해리   네가 다치는 걸 원치 않아, 드레이코.

드레이코   재미있군. 난 네가 다치길 원하거든.

두 사람이 대결 구도로 맞선다. 둘 다 지팡이를 휘두른다.

드레이코와 해리 엑스펠리아르무스!

그들의 지팡이가 서로 맞서다 분리된다.

드레이코 인카서러스!

해리는 드레이코의 지팡이가 내뿜는 불빛을 잽싸게 피한다.

해리 타란탤레그라!

드레이코가 얼른 몸을 피한다.

해리 연습 많이 했군, 드레이코.

드레이코 넌 많이 엉성해졌는데, 포터. 덴사우기오!

해리는 가까스로 피한다.

해리   릭투셈프라!

드레이코가 의자로 주문을 막는다.

드레이코   플리펜도!

해리가 빙글빙글 돌며 허공을 날아간다. 드레이코가
웃음을 터트린다.

연습 좀 해, 노인네야.
해리   우리 동갑이거든, 드레이코.
드레이코   내가 더 곱게 늙었지.
해리   브라키아빈도!

드레이코가 단단히 묶인다.

드레이코   정말 이게 최선이야? 에만시파레!

드레이코가 결박에서 풀려난다.

레비코르푸스!

해리는 얼른 피하지 않을 수 없다.

모빌리코르푸스! 이야, 이거 정말 재밌는데…….

드레이코가 해리를 탁자 위에서 위아래로 튕긴다.
해리가 굴러가자 드레이코는 탁자 위로 껑충 올라가
지팡이를 준비한다. 그러나 그사이 해리가 쏜 마법
에 맞는다…….

해리　　옵스큐로!

드레이코에게 눈가리개가 씌워지지만 그는 얼른 벗
어 낸다.
해리와 드레이코는 대결 구도로 맞선다. 해리가 의
자를 던진다.
드레이코는 자세를 낮춰 피하면서 지팡이로 의자의
속도를 늦춘다.

지니　　내가 부엌을 나간 지 겨우 3분밖에 안 됐거든!

지니는 엉망이 된 부엌을 바라본다. 허공에 떠 있는

의자들을 본다. 그러곤 자신의 지팡이로 의자들을
내려놓는다.

(아주 냉담하게) 무슨 일이 있었던 거지?

2막 14장

호그와트, 계단

스코피어스가 시무룩하게 계단을 내려온다.

다른 쪽에서 델피가 종종걸음으로 들어온다.

델피 뭐, 엄밀히 말하면…… 난 여기 있으면 안 되지만.

스코피어스 델피?

델피 사실, 내가 여기 있으면 우리 계획이 위험해져……. 그 계획……. 어쨌든 원래 난 네가 아는 것처럼 위험을 무릅쓰는 타입이 아니거든. 난 호그와트에 와 본 적이 없어. 여기 보안이 좀 느슨한 것 같지 않니? 게다가 초상화도 너무 많아. 복도도 많고. 유령들은 또 어떻고! 목이 달랑달랑한 이상한 유령이 네가 어디에 있는지 알려 줬다니까. 이게 말이 되니?

스코피어스 호그와트에 와 본 적이 없다고요?

델피 어릴 때…… 몇 년 동안 몸이 안 좋았었거든. 다른 사람들은 학교에 갔겠지만 난 아니었어.

스코피어스 델피도…… 아팠어요? 저런, 몰랐네요.

델피 광고하고 다닐 일은 아니잖아. 난 비극적으로 보이는 건 별로거든. 알지?

> 이 말에 스코피어스는 동요한다. 스코피어스가 무슨 말을 하려고 고개를 들지만, 어떤 학생이 지나가는 바람에 델피는 얼른 몸을 숨긴다. 스코피어스는 그 학생이 지나갈 때까지 태연하게 보이려고 노력한다.

다들 갔니?

스코피어스 델피, 여기 있으면 너무 위험할 것 같아요—

델피 하지만…… 누군가는 나서야 할 것 같아서.

스코피어스 델피, 소용없었어요. 시간 여행 말이에요. 우린 실패했어요.

델피 알아. 알버스가 나한테 부엉이를 보냈거든. 역사책들이 바뀌긴 했지만 충분히 바뀌진 않았고 세드릭은 여전히 죽어 있다고. 오히려 첫 번째 과제에서 실패한 뒤 마음을 더 독하게 먹고 두 번째 과제를 성공하게 만들었으니.

스코피어스 론 아저씨랑 헤르미온느 아주머니는 완전히 어긋났던데 아직도 그 이유를 모르겠어요.

델피 그럼 세드릭은 좀 더 기다려야겠네. 모든 게 뒤죽박죽이니까 넌 그 타임 터너를 잘 갖고 있어야 해, 스코피어스. 아까 내가 한 말, 누군가는 나서야 한다는 말은 너희 둘 얘기였어.

스코피어스 아.

델피 너희는 단짝 친구잖아. 알버스가 나한테 부엉이를 보낼 때마다 너에 대한 그리움이 묻어나더라고. 타격이 큰 것 같아.

스코피어스 그래도 기댈 울 어깨를 찾은 것 같네요. 대체 지금까지 알버스가 부엉이를 몇 번이나 보냈어요?

델피가 부드럽게 미소 짓는다.

죄송해요. 나쁜 뜻은 아니었어요. 그냥…… 왜 이렇게 됐는지 모르겠어요. 난 어떻게든 알버스를 만나서 얘기해 보려고 하는데 매번 그 애가 피해 버리거든요.

델피 있잖아. 난 네 나이 때 친한 친구가 없었어. 단짝 친구를 갖고 싶었지. 얼마나 간절했는지 몰라. 더 어릴 때는 상상의 친구를 만들기도 했지만—

스코피어스 저도 그랬어요. 이름이 플러리였죠. 곱스톤 규칙을 놓고 싸우다 사이가 틀어졌지만.

델피 알버스에겐 네가 필요해, 스코피어스. 그게 얼마나 멋진 일인데.

스코피어스 뭐 하러 제가 필요해요?

델피 원래 그런 거 아니니? 우정이라는 거. 그 애가 뭘 필요로 하는지는 모르지. 그저 그 애가 친구를 필요로 한다는 사실이 중요한 거야. 그 애한테 스코피어스를 되찾아 줘. 너희 둘, 너희는 함께 있어야 해.

2막 15장

해리와 지니 포터의 집, 부엌

해리와 드레이코가 멀찍이 떨어져 앉아 있다. 두 사람 사이에 지니가 서 있다.

드레이코 부엌을 어지럽혀서 미안해, 지니.

지니 아, 나한테 미안해할 필요 없어. 요리는 주로 이이가 하거든.

침묵이 흐른다.

드레이코 (말 꺼내기가 쉽지 않다) 나도 그 녀석하고 통 얘기를 할 수가 없어. 스코피어스 말이야. 특히 애스토리아 가 떠난 뒤로는 더 그래. 그 녀석이 엄마의 죽음을 어떻게 받아들이는지, 그런 얘기도 나눠 보지 못했어. 난 아무리 노력해도 그 애에게 가까이 갈 수가 없어. 넌 알버스와 얘기를 못 하지. 난 스코피어스와 대화를 못 하고 있어. 바로 그게 문제야. 내 아들이 사악한 존재라거나 그런 문제가 아니라고. 네가 설사 거만한 켄타우로스의 말을 곧이곧대로 믿는다 해도, 그래도 넌 우정의 힘을 알잖아.

해리　　　드레이코, 네가 어떻게 생각하든—

드레이코　　난 항상 너희가 부러웠어. 너와 위즐리와 그레인저. 내게도 친구가 있긴 했지—

지니　　　크래브와 고일.

드레이코　　둘 다 얼마나 바보 같은지 빗자루에 대해 아무것도 모른다니까. 너희는…… 너희 세 사람은 빛이 났어, 알아? 너희는 서로를 좋아했지. 늘 함께 즐겼고. 난 그런 우정이 세상 무엇보다도 부러웠어.

지니　　　나도 세 사람이 부러웠어.

　　　해리는 놀라서 지니를 본다.

해리　　　난 알버스를 보호해야 해—

드레이코　　우리 아버지는 당신이 날 보호한다고 생각했지. 거

215

의 매 순간을 말이야. 사람들은 아이들 키우는 게 세상에서 가장 힘든 일이라고들 하지. 틀렸어. 커 가는 일이 더 힘들어. 그저 그게 얼마나 힘들었는지 잊어 버릴 뿐이지.

해리는 아무리 부인하려 해도 이 말에 공감하지 않을 수 없다.

어느 시점이 되면 자신이 어떤 사람이 될지는 스스로 선택해야 한다고 생각해. 그리고 그때가 되면 부모나 친구가 필요할 테고. 만약 그 무렵에 부모를 미워하게 되고 게다가 친구까지 없다면…… 아무도 없는 혼자가 되지. 혼자가 되는 건…… 정말 힘든 일이야. 난 혼자였어. 그러다 보니 아주 어두운 곳을 찾아 들어가게 됐지. 아주 오랫동안 말이야. 톰 리들도 외로운 아이였어. 넌 이해하지 못하겠지만 난 알아. 아마 지니도 이해할 거야.

지니 　맞아.

해리가 고개를 들고 지니를 본다.

드레이코 톰 리들은 그 어두운 곳에서 나오지 않았어. 그래서 톰 리들이 볼드모트 경이 된 거야. 어쩌면 베인이 본 검은 구름은 알버스의 외로움일 수도 있어. 그 아이의 고통. 그 아이의 증오겠지. 그 애를 잃지 마. 후회할 거야. 그 녀석도 후회할 거고. 그 애에겐 너와 스코피어스가 모두 필요하거든.

해리는 드레이코를 보며 생각에 잠긴다.
무슨 말을 하려고 입을 연다. 다시 생각한다.

지니 해리. 플루 가루 가져올래? 아니면 내가 할까?

2막 16장

호그와트, 도서관

스코피어스가 도서관에 들어온다. 스코피어스는 좌우를 살핀다. 그러다 알버스를 발견한다. 알버스도 스코피어스를 본다.

스코피어스 안녕.

알버스 스코피어스, 난 너랑 얘기할 수가…….

스코피어스 알아. 넌 이제 그리핀도르잖아. 이제 내가 보고 싶지 않겠지. 그래도 어쨌든 난 여기로 왔어. 너랑 얘기하려고.

알버스 그게, 난 그럴 수 없어. 그러니까…….

스코피어스 우린 얘기를 해야 해. 지금까지 일어난 일을 그냥 무시할 수 있다고 생각해? 세상이 엉망이 됐잖아. 모르겠어?

알버스 알아, 안다고. 론 삼촌이 이상해졌어. 헤르미온느 숙모는 교수가 됐고. 엉망진창이야. 하지만—

스코피어스 게다가 로즈는 존재하지도 않아 —

알버스 알아. 나도 정확히 왜인지는 모르겠지만 넌 여기 있으면 안 돼.

스코피어스 —우리가 저지른 일 때문에 로즈는 태어나지도 않았어. 트라이위저드 크리스마스 무도회에 대해 들은 이야기 기억나? 트라이위저드 대표 선수 네 명 모두 파트너를 데려갔잖아. 너의 아빠는 파르바티 파틸을 데려갔고 빅토르 크룸은—

알버스 헤르미온느 숙모를 데려갔지. 론 삼촌은 질투가 나서 얼간이처럼 굴었고.

스코피어스 하지만 그게 아니었어. 리타 스키터가 그 두 사람에 대해 쓴 책을 찾았거든. 그런데 내용이 완전히 달라. 론 아저씨가 무도회에 헤르미온느 아주머니를 데려갔대.

알버스 뭐?

폴리 채프먼 쉬이잇!

스코피어스는 폴리를 보고 목소리를 낮춘다.

스코피어스 친구로서 말이야. 그러곤 그냥 편하게 춤을 추고 그 럭저럭 좋았는데, 그 뒤에 론 아저씨가 파드마 파틸 과 춤을 추었고 그게 훨씬 더 좋았대. 그래서 둘은 사귀기 시작했고 론 아저씨는 조금 변했고 그러다 결혼을 했고 그러는 사이 헤르미온느 아주머니는―

알버스 ―사이코패스가 됐군.

스코피어스 헤르미온느 아주머니는 크룸하고 그 무도회에 갔어 야 했잖아. 그런데 왜 그러지 않았는지 알아? 첫 번 째 과제 직전에 만난 이상한 덤스트랭 소년 두 명이 세드릭의 지팡이가 사라진 일과 연관이 있지 않을까 하는 의심이 들었기 때문이래. 우리가 빅토르의 지 시를 받아 세드릭의 첫 번째 과제를 망쳐 놨다고 생 각한 거지…….

알버스 와.

스코피어스 크룸이 없으니까 론 아저씨는 질투를 하지 않은 건 데, 사실은 그 질투가 핵심이었기 때문에 두 사람은 아주 좋은 친구로 남은 거야. 그래서 단 한 번도 사 랑에 빠지지 않았고 결혼도 하지 않았고 *로즈를 낳 지도 않은 거고.*

알버스는 재빨리 머릿속으로 이것저것 따져 본다.

알버스 그래서 우리 아빠도…… 우리 아빠도 이상해진 거야?

스코피어스 네 아빠는 완전히 똑같으신 것 같은데. 마법 사법부 수장이시고. 네 엄마와 결혼하셨고. 아이도 셋이고.

알버스 그런데 왜 그렇게 ―

도서관 안쪽에 사서가 등장한다.

스코피어스 내 얘기 듣고 있는 거야, 알버스? 너랑 네 아빠의 문제가 아니야. 크로우커 교수의 법칙에 따르면, 시간여행에서 여행자 자신이나 시간 자체에 심각한 훼손을 입히지 않고 되돌릴 수 있는 시간은 최대 다섯 시간이야. 우리는 수년 전으로 돌아갔어. 아주 짧은 순간, 아주 작은 변화가 파문을 일으켜. 우린 아주 심각한 파문을 일으켰다고. 우리가 저지른 일 때문에 로즈가 태어나지도 않았어. 로즈 말이야.

사서 쉬이잇!

알버스가 빠르게 머리를 굴린다.

알버스 좋아. 다시 돌아가서 바로잡자. 세드릭과 로즈를 되찾아오는 거야.

스코피어스 ……그건 정답이 아니야.

알버스 너 아직 타임 터너 갖고 있지? 아직 아무한테도 안 들켰지?

스코피어스가 호주머니에서 타임 터너를 꺼낸다.

스코피어스 응, 하지만…….

알버스가 스코피어스의 손에서 타임 터너를 낚아챈다.

아니야. 안 돼…… 알버스. 상황이 얼마나 나빠질 수 있는지 이해 못 한 거야?

스코피어스가 타임 터너를 도로 빼앗으려 하지만 알버스가 스코피어스를 밀어낸다. 스코피어스와 알버스는 서툴게 몸싸움을 벌인다.

알버스 전부 바로잡아야 해, 스코피어스. 아직 세드릭도 구하지 못했어. 로즈도 다시 찾아와야 해. 우리가 좀 더 신중하면 돼. 크로우커가 뭐라고 했든 날 믿어. 우리를 믿자고. 이번엔 잘할 수 있어.

스코피어스 아니야. 그럴 수 없을 거야. 그거 이리 내, 알버스! 이리 내!

알버스 안 돼. 이건 너무 중요한 일이야.

스코피어스 그래, 너무 중요한 일이지……. 우리가 건드리기엔 너무 중요해. 우린 이 물건을 잘 다루지 못하잖아. 또 실수를 할 거야.

알버스 우리가 또 실수할 거라고 누가 그래?

스코피어스 *내가. 우리가 하는 일이 그렇잖아. 늘 사고만 치지. 실패하고. 우린 불량이야. 진짜 패자라고. 아직 몰랐어?*

마침내 알버스가 위에 올라타 스코피어스를 바닥으로 내리누른다.

알버스 글쎄, 난 널 만나기 전에는 그렇지 않았어.

스코피어스 알버스, 네가 아빠한테 뭔가 보여 주고 싶은가 본데…… 이런 방법은 아니야—

알버스 아빠한테 뭔가 보여 주려는 게 아니야. 난 세드릭을 구하고 로즈를 구해야 해. 네가 날 막지만 않으면 제

대로 해낼 수 있어.

스코피어스   나만 없으면 된다고? 아, 불쌍한 알버스 포터. 피해
의식에 절었군. 불쌍한 알버스 포터. 정말 슬프다.

알버스   대체 무슨 말이야?

스코피어스   (폭발한다) 내 삶을 봐! 사람들이 널 쳐다보는 건 네
아빠가 그 유명한 해리 포터, 마법 세계의 구원자이
기 때문이지. 사람들이 날 쳐다보는 건 내가 볼드모
트의 자식이라고 생각하기 때문이야. 볼드모트.

알버스   무슨 그런—

스코피어스   그게 어떤 건지 눈곱만큼이라도 상상할 수 있어? 상
상해 보려고 한 적이나 있냐고! 없겠지. 넌 자기밖
에 모르니까. 너에겐 아빠와의 시시한 문제밖에 보
이지 않으니까. 네 아빠가 해리 포터라는 사실은 바
뀌지 않아. 너도 알잖아? 넌 언제까지고 해리 포터
의 아들이야. 쉽지 않다는 거 알아. 다른 애들이 얼
마나 못되게 구는지도 알고. 그래도 만족할 줄 알아
야 해. 왜냐면…… 그보다 더한 경우도 있으니까.
알았어?

사이.

사실 난 잠깐 들뜨기도 했어. 이제 우린 다른 시간에 살고 있다는 사실을 깨닫고 어쩌면 우리 엄마가 병에 걸리지 않았을지도 모른다고 생각했지. 어쩌면 엄마가 죽지 않았을지도 모른다고. 하지만 아니었어. 엄마는 여전히 세상에 없더라. 난 여전히 볼드모트의 자식인 데다, 고마운 줄도 모르는 자식을 그저 가여워해 줄 엄마도 없어. 내가 네 삶을 망쳤다면 미안해. 단언컨대, 네겐 내 삶을 망칠 기회가 없을 테니까. 내 삶은 이미 망가졌거든. 넌 그 망가진 삶에 조금도 보탬이 되지 않았어. 넌 형편없는, 세상에서 가장 형편없는, 친구니까.

알버스는 스코피어스에 대해 생각해 본다. 그러곤 자신이 친구에게 무슨 짓을 했는지 깨닫는다.

맥고나걸 교수 (무대 밖에서) 알버스? 알버스 포터. 스코피어스 말 포이. 너희 여기 같이 있니? 둘이 붙어 있지 않는 게 좋을 거야.

알버스는 스코피어스를 쳐다보고 가방에서 투명 망토를 꺼낸다.

알버스   빨리. 우리 숨어야 해.

스코피어스 뭐?

알버스   스코피어스, 날 봐.

스코피어스 그건 투명 망토잖아? 제임스 형 것 아니야?

알버스   교수님이 우리를 찾으면 우린 영원히 떨어져야 해.
             어서. 내가 미처 몰랐어. 어서 숨자.

맥고나걸 교수 (무대 밖에서, 그들에게 충분한 기회를 주려고 애쓰며)
             나 곧 들어간다.

          맥고나걸 교수가 두 손으로 도둑 지도를 들고서 도서
          관 안으로 들어온다. 두 소년은 망토 속으로 사라진
          다. 맥고나걸 교수는 몹시 화난 모습으로 주위를 둘
          러본다.

어디로 갔나……. 이런 일은 하고 싶지 않았는데, 이
젠 이게 나를 갖고 노는군.

          맥고나걸 교수는 생각한다. 다시 지도를 본다. 알버
          스와 스코피어스가 있어야 할 곳을 가늠해 본다. 그
          러곤 주위를 둘러본다.
          투명 망토 속으로 들어간 아이들이 지나가자 사물들

이 움직인다. 맥고나걸 교수는 알버스와 스코피어스
가 어디로 향하는지 보고 그들을 막으려 한다. 그러
나 아이들은 맥고나걸 교수를 돌아서 피해 간다.
마지막으로 책 한 권이 떨어지자, 맥고나걸 교수는
아이들이 무얼 하는지 (그리고 무얼 사용하는지) 알아
차린다.

네 아빠의 망토로구나.

맥고나걸 교수는 다시 지도를 보고 소년들을 본다.
그러곤 생각한다. 혼자 미소 짓는다.

내 눈에 안 보이면 난 못 본 거야.

그녀가 퇴장한다. 두 소년은 망토를 벗는다. 그러곤
잠시 그대로 앉아 아무 말도 하지 않는다.

알버스　　맞아, 제임스 형한테서 훔쳐 왔어. 형 물건 훔치는
건 일도 아니야. 트렁크 비밀번호가 형이 처음 빗자
루를 갖게 된 날짜거든. 이 망토가 있으면 괴롭힘을
피하기가 좀 수월하더라고.

스코피어스는 고개를 끄덕인다.

네 엄마 일은 정말 마음이 아파. 알아, 우리는 그 일에 대해 충분히 얘기하지 않았지. 그래도 네가 알아주길 바라. 나도 마음이 아프다는 걸. 정말 말도 안되는 일이야. 엄마가 그렇게 되신 거. 네가 그런 일을 겪은 거.

스코피어스 고마워.

알버스 아빠가 그랬거든. 내 주위에 검은 구름이 있는데, 그게 너라고. 그래서 너랑 붙어 있으면 안 된다는 거야. 나도 어쩔 수 없었어. 그러지 않으면 아빠가―

스코피어스 네 아빠도 소문이 사실이라고 생각하시는 거야? 내가 볼드모트의 아들이라고?

알버스 (고개를 끄덕이며) 지금 아빠 부서에서 조사 중이야.

스코피어스 잘됐네. 하라고 해. 가끔은…… 가끔은 나도 그런 생각이 들거든. 그게 사실일지도 모른다는.

알버스 아냐. 그렇지 않아. 이유를 말해 볼까? 볼드모트는 착한 아들을 낳을 수 없을 거야. 그런데 넌 착하잖아, 스코피어스. 속속들이, 손끝까지 착해. 볼드모트는, 볼드모트는 절대 너 같은 자식을 낳을 수 없다고 난 진심으로 믿어.

사이. 스코피어스는 이 말에 뭉클해진다.

스코피어스 고마워. 그렇게 말해 줘서 정말 고마워.

알버스 진작 얘기했어야 했는데. 그리고 네가 내 발목을 잡는다는 것도 거짓말이야. 그럴 수가 없지. 오히려 너는 날 더 강하게 만들어 주는 사람이야. 그래서 아빠가 우리를 억지로 떼어 놓았을 때…… 네가 없으니까―

스코피어스 나도 네가 없는 삶은 별로였어.

알버스 난 언제까지고 해리 포터의 아들이라는 거, 늘 머릿속으로 그 사실과 씨름해야 한다는 거 나도 알아. 너랑 비교하면 내 삶이 그럭저럭 괜찮은 편이고 아빠랑 나는 비교적 운이 좋은 편이라는 것도―

스코피어스 (알버스의 말을 끊으며) 알버스, 사과치고는 끝내주게 오글거리는데, 게다가 넌 또 *내* 얘기보단 *네* 얘기를 더 많이 하기 시작했으니까 이쯤에서 그만하는 게 좋겠다.

알버스는 미소를 지으며 손을 내민다.

알버스 우리 친구지?

스코피어스   언제나.

스코피어스도 손을 내밀자 알버스는 스코피어스를
일으켜 포옹을 한다.

이런 거 두 번째네.

두 소년은 떨어져서 미소를 짓는다.

알버스   그런데 우리 싸우길 잘한 것 같아. 덕분에 정말 좋은
생각이 떠올랐거든.

스코피어스   무슨 생각?

알버스   두 번째 과제에 관한 거야. 굴욕을 이용하자는 거지.

스코피어스   아직도 과거로 가는 얘기야? 우리 그 얘긴 이미 하
지 않았나?

알버스   네 말이 맞아. 우린 패자야. 우리는 지는 데 1등이니
까 그런 재주를 활용해야 해. 우리의 강점 말이야.
패자는 패자로 길러지는 거야. 패자를 양성하는 방
법은 하나뿐이지. 그 방법이 뭔지 우린 누구보다도
잘 알잖아. 바로 창피당하는 거야. 우린 그에게 굴욕
을 줘야 해. 두 번째 과제에선 이 방법을 써 보자.

스코피어스는 오랫동안 생각한 뒤, 미소 짓는다.

스코피어스 정말 좋은 전략이네.

알버스 그렇다니까.

스코피어스 아니 정말, 꽤 극적인데. 세드릭을 구하기 위해 세드릭에게 굴욕을 준다. 똑똑해. 그럼 로즈는?

알버스 로즈는 불꽃 튀는 깜짝 이벤트로 구할 거야. 네가 없어도 할 수 있지만…… 네가 같이 있어 *줬으면* 좋겠어. 우리가 같이 했으면 좋겠거든. 같이 상황을 바로잡는 거야. 그러니까…… 같이 가 줄래?

스코피어스 그런데 잠깐, 두 번째 과제는 호수에서 치러졌어. 넌 학교 건물을 벗어나선 안 되잖아?

알버스는 빙긋 웃는다.

알버스 맞아. 그래서 말인데…… 우린 1층 여자 화장실을 찾아가야 해.

2막 17장

호그와트, 계단

론이 지친 모습으로 계단을 내려가다 헤르미온느를 발견하고는
표정이 완전히 바뀐다.

론　　　　그레인저 교수.

　　　　　헤르미온느가 건너다본다. 헤르미온느의 심장도 조
　　　　　금 쿵쾅거린다(자신은 인정하지 않으려 하지만).

헤르미온느　론, 여긴 어쩐 일이야?

론　　　　판주가 마법약 수업에서 작은 사고를 쳤거든. 당연
　　　　　히 건방 떨다가 그랬지. 섞어서는 안 될 재료를 섞는
　　　　　바람에 눈썹이 없어지고 콧수염이 기다랗게 자란 모

양이야. 녀석한테는 잘 안 어울리더군. 난 오고 싶지 않았는데, 파드마가 사내아이들은 수염이 자랄 때 아빠가 필요하대서. 혹시 헤어스타일 바꿨어?

헤르미온느   그냥 빗었을 뿐이야.

론   아…… 빗으니까 잘 어울리네.

    헤르미온느는 조금 서먹하게 론을 본다.

헤르미온느   론, 그렇게 보지 말아 줄래?

론   (용기를 내어) 있잖아, 해리 아들 알버스 말이야. 그 녀석이 요전에 하는 말이 글쎄, 나더러 내가 너랑…… 결혼하지 않았느냐고 하는 거야. 하하. 하. 하. 웃기지, 나도 그래.

헤르미온느   엄청 웃기네.

론   심지어 우리 사이에 딸이 있다고 생각하더라고. 정말 그러면 이상하겠지?

    두 사람의 시선이 마주친다. 헤르미온느가 먼저 시선을 돌린다.

헤르미온느   이상한 정도가 아니지.

론   그러니까. 우린…… 그냥 친구잖아.

헤르미온느   그럼. 그냥…… 친구지.

론   그냥…… 친구라. 재밌는 말이야. 친구. 그렇게 재미있진 않다. 그냥 평범한 단어지, 뭐. 친구 사이. 친구. 재밌는 친구. 넌 나의 재밌는 친구야. 나의 헤르미온느. 아니, *나의* 헤르미온느는 아니고. 알지? **나의** 헤르미온느는 아니야. **내 건** 아니지. 알잖아, 다만…….

헤르미온느   알아.

    짧은 정적. 둘 다 미동도 하지 않는다. 이 순간이 너무도 중요하게 느껴져서 움직일 수가 없다.이윽고 론이 기침을 한다.

론   이제 그만 가야겠다. 판주한테 가 봐야 해. 콧수염을 좀 더 멋지게 다듬는 법을 가르쳐 줘야지.

    론은 계속 걸어가다 고개를 돌려 헤르미온느를 본다. 헤르미온느도 론을 보자 론은 다시 걸음을 재촉한다.

오늘 머리 정말 잘 어울려.

2막 18장

호그와트, 교장실

무대에는 맥고나걸 교수뿐이다. 그녀는 지도를 보고 있다. 혼자 얼굴을 찌푸린다. 지팡이로 지도를 톡톡 두드린다. 적절한 결정을 내렸다는 생각에 혼자 미소 짓는다.

맥고나걸 교수 장난 성공.

덜거덕 소리가 들린다.
무대 전체가 진동하는 듯하다.
지니가 먼저 벽난로를 통과해 나오고 해리가 뒤따라 나온다.

지니 교수님, 이건 아무래도 품위를 지키기가 힘드네요.

236

맥고나걸 교수 포터. 또 왔군. 결국 내 양탄자를 못 쓰게 만든 것 같은데.

해리 제 아들을 찾아야 합니다. 빨리 찾아야 해요.

맥고나걸 교수 해리, 생각해 봤는데 난 이 일에 관여하지 않기로 했네. 자네가 어떤 협박을 하든 난—

해리 교수님, 저는 평화를 되찾으러 온 것이지, 전쟁을 하러 온 게 아니에요. 교수님께 그런 식으로 말씀드리면 안 되는 거였어요.

맥고나걸 교수 난 우정에 끼어들어선 안 된다고 생각하고 또 내가 믿는 건—

해리 교수님께 사과드리고 싶습니다. 알버스한테도 그렇고요. 저한테 기회를 주시겠어요?

그들 뒤에서 드레이코가 엄청난 그을음을 일으키며 도착한다.

맥고나걸 교수 드레이코?

드레이코 해리도 아들을 만나야 하고 저도 제 아들을 만나야 합니다.

해리 말씀드렸다시피 전쟁이 아니라 평화를 위해서예요.

맥고나걸 교수가 해리의 얼굴을 살피고, 그 안에서 간절한 진심을 엿본다. 맥고나걸 교수는 주머니에서 지도를 다시 꺼낸다. 그러곤 지도를 펼친다.

맥고나걸 교수 뭐, 평화라면 내가 확실히 도와줄 수 있지.

그녀는 지팡이로 지도를 두드린다. 한숨을 쉬며.

나는 못된 짓을 꾸미고 있음을 엄숙히 맹세합니다.

지도가 환하게 켜지며 움직이기 시작한다.

흠, 둘이 같이 있군.

드레이코 1층 여자 화장실인데요. 대체 저기서 뭘 하는 거죠?

2막 19장

호그와트, 여자 화장실

스코피어스와 알버스가 화장실로 들어온다. 화장실 한가운데
커다란 빅토리아풍의 세면대가 설치되어 있다.

스코피어스   그러니까 정리해 보면…… 부풀리기 마법을 쓰자는
              거구나…….

알버스   맞아. 스코피어스, 저기 비누 좀…….

       스코피어스는 세면대에서 비누를 집는다.

엔고르지오!

       알버스의 지팡이에서 나온 불빛이 화장실을 가로지

른다. 비누가 네 배 크기로 부푼다.

스코피어스 잘했어. 감동이 부풀어 오르는군.

알버스 두 번째 과제는 호수에서 치러졌어. 잃어버린 것을 찾아오는 임무였지. 알고 보니 그들이 잃어버린 것은—

스코피어스 —사랑하는 사람이었지.

알버스 세드릭은 호수 속에서 헤엄치기 위해 거품 머리 마법을 사용했어. 우린 그 호수로 가서 그를 따라가 부풀리기 마법으로 그를 커다랗게 부풀려 놓으면 되는 거야. 타임 터너에 시간제한이 있으니까 서둘러야 해. 세드릭에게 가서 그의 머리를 부풀린 다음, 그가 호수 밖으로 떠올라 과제를, 그러니까 시합을 포기하는 것을 확인하고…….

스코피어스 하지만…… 우리가 그 호수까지 어떻게 갈지는 아직 알려 주지 않았잖아…….

갑자기 세면대에서 물이 뿜어져 나오고 뒤이어 흠뻑 젖은 울보 머틀이 올라온다.

울보 머틀 우아. 기분 괜찮네. 원래는 이런 걸 좋아하지 않았는데. 하지만 내 나이가 되면 가진 것에 그럭저럭 만족해야지…….

스코피어스 역시, 넌 천재야. 울보 머틀…….

울보 머틀이 스코피어스에게로 휙 내려온다.

울보 머틀 방금 날 뭐라고 불렀어? 내가 우니? 지금 내가 울고 있어? *그래? 그렇니?*

스코피어스 아니.

울보 머틀 내 이름이 뭐라고?

스코피어스 머틀.

울보 머틀 맞았어. 머틀이야. 머틀 엘리자베스 워런. 예쁜 이름이지. 내 이름. '울보'란 별명은 필요 없어.

머틀은 킬킬거린다.

오랜만이네. 남자애들이 내 화장실에 온 거. 여긴 여자 화장실인데. 그래선 안 되지……. 하지만 사실 난 예전부터 포터가 애들한텐 약했거든. 그리고 말포이가의 한 아이를 좀 좋아하기도 했고. 이번엔 너희를 어떻게 도와줄까?

알버스   넌 호수에 가 봤잖아, 머틀. 너에 대한 글을 봤어. 이 배관을 타고 나가는 길이 있는 모양이던데.

울보 머틀   난 전부 다 가 봤지. 그런데 정확히 어디를 말하는 거야?

알버스   두 번째 과제. 호수 과제가 치러진 곳. 트라이위저드 대회에서 말이야. 25년 전에. 해리 포터와 세드릭 디고리가 출전한 시합.

울보 머틀   그렇게 잘생긴 아이가 죽어서 정말 안타까웠지. 그렇다고 네 아빠가 잘생기지 않았다는 말은 아니고. 하지만 세드릭 디고리는…… 내가 바로 이 화장실에서 여자애들이 사랑의 주문을 건다느니 어쩐다느니 하는 얘기를 얼마나 많이 들었는지 모를 거야……. 그리고 그가 사라졌을 땐 또 여기 와서들 얼마나 울던지.

알버스   우리를 도와줘, 머틀. 바로 그 호수에 들어가게 도와줘.

울보 머틀   내가 시간 여행을 보내 줄 수 있다고 생각해?

알버스   비밀은 꼭 지켜야 해.

울보 머틀   내가 비밀을 얼마나 좋아한다고. 아무한테도 말하지 않을게. 가슴에 십자가를 긋고 목숨을 걸지. 아니, 그 비슷한 걸 걸어야겠다. 유령한테 목숨에 해당하는 거.

알버스가 스코피어스에게 고갯짓을 하자 스코피어
스가 타임 터너를 꺼낸다.

알버스　　우린 시간 여행을 할 수 있어. 넌 우리가 배관을 타
고 나가게 도와주면 돼. 우린 세드릭 디고리를 구할
거야.

울보 머틀　(빙긋 웃으며) 와, 재미있겠는데.

알버스　　그리고 우린 지금 시간이 별로 없어.

울보 머틀　바로 이 세면대야. 이 세면대의 물이 곧장 그 호수로
나가지. 규정에 어긋나긴 하지만 이 학교는 워낙 오
래됐잖아. 이리로 들어가면 바로 그 호수로 나갈 수
있어.

알버스는 세면대 안으로 들어가며 망토를 내던진다.
스코피어스도 똑같이 한다.
알버스는 스코피어스에게 봉투에 든 초록색 이파리
를 건넨다.

알버스　　나 조금, 너 조금.

스코피어스 아가미풀? 아가미풀을 사용하는 거야? 물속에서 숨
을 쉬려고?

알버스 우리 아빠도 그렇게 했어. 자, 준비됐지?

스코피어스 잊으면 안 돼. 이번에는 시간제한에 걸리면 안 된다
는 거…….

알버스 5분. 우리에게 허용된 시간은 딱 5분이야. 시간이
지나면 우린 현재로 끌려올 거야.

스코피어스 잘될 거라고 말해 줘.

알버스 (빙긋 웃으며) 다 잘될 거야. 준비됐지?

알버스가 아가미풀을 갖고 아래로 사라진다.

스코피어스 안 돼, 알버스— 알버스—

스코피어스가 고개를 든다. 스코피어스와 울보 머
틀, 단둘만 남았다.

울보 머틀 난 용감한 남자가 좋더라.

스코피어스 (조금 겁을 먹은 채 아주 조금 용기를 내어) 그럼 나도 준
비됐어. 무슨 일이 벌어지든 간에.

스코피어스가 아가미풀을 갖고 아래로 사라진다.

무대에는 울보 머틀 혼자 남는다.

쉭 하고 거대한 빛이 지나가고 요란한 소리가 난다.

시간이 정지한다. 이윽고 시간이 방향을 틀더니 잠시 주춤하다 뒤로 감기기 시작한다…….

두 소년은 사라졌다.

해리가 잔뜩 인상 쓴 얼굴로 달려 들어온다. 드레이코와 지니, 맥고나걸 교수가 뒤따라 들어온다.

해리　알버스…… 알버스…….

지니　가 버렸어.

그들은 바닥에서 두 소년의 망토를 발견한다.

맥고나걸 교수　(지도를 살피며) 사라졌어. 아니야, 호그와트 지하로 이동하고 있는데, 아니, 사라졌어—

드레이코　어떻게 그럴 수 있죠?

울보 머틀　어떤 작고 예쁜 장신구 같은 걸 사용하던데.

해리　머틀!

울보 머틀　어머나, 걸렸네. 들키지 않으려고 엄청 노력했는데. 안녕, 해리. 안녕, 드레이코. 너희 또 말썽을 피웠니?

해리   어떤 장신구였어?

울보 머틀   그건 비밀이었던 것 같은데. 하지만 내가 또 해리 너한테는 아무것도 숨길 수가 없잖아. 어쩜 넌 나이를 먹을수록 점점 더 멋있어지니?

해리   내 아들이 위험에 빠졌어. 네 도움이 필요해. 그 애들이 뭘 하고 있었어, 머틀?

울보 머틀   매력적인 소년을 구하러 갔어. 세드릭 디고리라는 애.

해리는 그 즉시 무슨 일인지 파악하고 기겁한다.

맥고나걸 교수   하지만 세드릭 디고리는 여러 해 전에 죽었잖아…….

울보 머틀   자기가 그 일을 되돌릴 수 있다고 꽤 자신하는 것 같던데요. 자신감이 대단하더라, 해리. 꼭 너처럼.

해리   제가 에이머스 디고리와 얘기하는 걸 들은 모양이에요……. 혹시…… 마법 정부의 타임 터너를 가져갔나? 아니야, 그건 불가능한데.

맥고나걸 교수   마법 정부에 타임 터너가 있어? 타임 터너는 전부 못쓰게 된 줄 알았는데?

울보 머틀   애들이 말을 참 안 듣죠?

드레이코   어떻게 된 일인지 제발 누가 좀 설명해 줄래?

해리   알버스와 스코피어스는 사라졌다 나타났다 하는 게 아니야. 그 애들은 여행을 하고 있어. 시간 여행.

2막 20장

1995년 호수, 트라이위저드 대회

루도 배그먼　신사 숙녀, 소년 소녀 여러분, 세계 최고의 시합, 그 무엇도 따라올 수 없는 굉장한 시합, 세계 유일의 **트라이위저드 대회**를 시작하겠습니다. 호그와트 여러분, 환호해 주세요.

　　커다란 환호성이 터진다.
　　이제 알버스와 스코피어스가 호수 속을 헤엄치고 있다. 두 사람은 우아하고 편안하게 물을 가르며 내려간다.

　　덤스트랭 여러분, 환호해 주세요.

커다란 환호성이 터진다.

그리고 보바통 여러분, 환호해 주세요.

조금 덜 시원찮은 환호성이 터진다.

프랑스 학생들도 점점 열의를 갖기 시작했군요. 대표 선수들이 출발했습니다……. 빅토르는 상어가 됐군요. 당연히 그렇겠죠. 플뢰르의 모습도 아주 인상적입니다. 언제나 용맹스러운 해리는 아가미풀을 사용하는군요. 영리하네요, 해리. 아주 영리합니다. 그리고 세드릭은…… 아아, 세드릭도 굉장하네요, 신사 숙녀 여러분. 세드릭은 거품 머리 마법을 사용해 호수 속을 유영하는군요.

머리에 거품 보호막을 쓴 세드릭 디고리가 물을 가르며 알버스와 스코피어스에게 다가온다. 알버스와 스코피어스가 함께 지팡이를 들어 올려 물속에서 부풀리기 마법을 쏜다.

세드릭이 고개를 돌려 어리둥절한 표정으로 알버스와 스코피어스를 본다. 그때 마법이 세드릭을 강타

한다. 주변의 물이 황금빛으로 반짝거린다.

이윽고 세드릭이 부풀어 오르기 시작한다. 더 크게, 더 크게, 그것보다 더 크게 부풀어 오른다.

그는 몹시 당황해 주위를 두리번거린다. 두 소년은 세드릭이 속수무책으로 물을 가르고 올라가는 모습을 지켜본다.

아니, 그런데 어찌 된 일인가요……. 세드릭 디고리가 수면 위로 올라오고 있습니다. 이대로 경쟁을 끝내려는 것 같은데요. 아, 신사 숙녀 여러분, 우승자가 아니라 패배자네요. 세드릭 디고리가 풍선처럼 변해 금방이라도 날아오르려 하는군요. 정말 날아갈 것 같습니다, 신사 숙녀 여러분. 날아오르겠어요. 이번 과제는 물론이고 아예 시합을 포기해야 할 모양입니다……. 아, 그런데 또 진풍경이 펼쳐지네요. 세드릭 주위에서 "론은 헤르미온느를 사랑합니다"라는 폭죽이 터집니다. 관객 여러분이 아주 좋아하는데요. 아아, 신사 숙녀 여러분, 세드릭의 얼굴 좀 보십시오. 정말 가관입니다. 볼 만한데요. 이 무슨 비극이란 말입니까. 정말 굴욕이군요. 달리 표현할 말이 없네요.

알버스가 활짝 미소 지으며 물속에서 스코피어스와 하이파이브를 한다.

알버스가 위를 가리키자 스코피어스가 고개를 끄덕이고, 두 사람이 함께 헤엄쳐 올라가기 시작한다. 세드릭이 물 위로 올라오자 사람들은 웃음을 터트리고, 주위가 변한다.

온 세상이 어두워진다. 사실상 세상이 거의 암전으로 변한다.

그리고 섬광이 번쩍한다. 쿵 하는 소리가 들린다. 타임 터너가 재깍거리다 멈춘다. 무대는 다시 현재로 돌아와 있다.

갑자기 스코피어스가 나타나 물 위로 솟아오른다. 의기양양한 모습이다.

스코피어스　우우우…… 후우우우!

그는 어리둥절해하며 주위를 두리번거린다. 알버스는 어디 있는 거지? 스코피어스는 허공으로 두 팔을 들어 올린다.

우리가 해냈어!

한 박자 더 기다린다.

알버스?

알버스는 여전히 나타나지 않는다. 스코피어스는 물
속에서 선혜엄을 치며 생각하다 다시 물속으로 들어
간다.

스코피어스가 다시 물 밖으로 나온다. 이제 몹시 당
황해 어쩔 줄 몰라 한다. 그는 주위를 둘러본다.

알버스…… **알버스**…… **알버스**…….

뱀의 말로 속삭이는 소리가 들린다. 속삭임이 **빠른**
속도로 관객을 에워싼다. 그가 오고 있다. 그가 오고
있다. 그가 오고 있다.

덜로리스 엄브리지 스코피어스 말포이. 호수에서 나와. 호수에서
나와라. 당장.

그녀가 스코피어스를 물에서 끌어낸다.

스코피어스   저기요. 도움이 필요해요. 제발요.

덜로리스 엄브리지   '저기요'라고? 난 엄브리지 교수다. 너희 학교 교장이지, '저기요'가 아니라고.

스코피어스   교장이라고요? 하지만 저는⋯⋯.

덜로리스 엄브리지   나는 교장이고, 너희 가문이 아무리 대단하다고 해도 그렇게 꾸물거리며 버릇없이 구는 꼴은 못 본다.

스코피어스   이 호수에 아이가 빠졌어요. 도움을 청해 주세요. 제 친구를 찾고 있어요. 저기. 교수님. 교장 선생님. 그 아이도 호그와트 학생이에요. 알버스 포터를 찾고 있다고요.

덜로리스 엄브리지   포터? 알버스 포터? 그런 학생은 없는데. 사실, 호그와트에는 수년 동안 포터라는 이름이 없었지. 그리고 걘 알고 보니 그리 대단하지도 않았어. 해리 포터는 편안히 잠들지도 못했다. 결국 영원한 절망 속에 잠들어 버렸으니까. 완전히 골칫덩어리였다니까.

스코피어스   해리 포터가 죽었다고요?

갑자기 객석 주위에서 바람의 기운이 느껴진다. 검은 망토들이 사방에서 올라온다. 그것이 검은 형체들로 변한다. 그리고 결국 디멘터들로 변한다.

디멘터들이 객석을 날아다닌다. 죽음을 상징하는 검은 형체들, 죽음을 상징하는 검은 세력. 디멘터들은 너무도 두려운 존재이다. 그들이 이 공간의 혼을 빨아들인다.

바람이 계속 분다. 이곳은 지옥이다. 이윽고 객석 뒤에서 속삭이는 소리가 흘러나와 모두를 에워싼다. 누구나 알아챌 그 목소리. 볼드모트의 목소리다…….

해애리 포오터…….

해리의 꿈이 현실이 되었다.

덜로리스 엄브리지 그 안에서 못 먹을 거라도 삼켰니? 우리 모르게 머드블러드라도 되었어? 해리 포터는 20년도 더 전에 죽었어. 실패로 끝난 학교 쿠데타에서 말이야. 덤블도어 반군의 일원이었지만, 우린 그 호그와트 전투에서 그들을 용감하게 타도했지. 그만 가자꾸나. 네가 무슨 장난을 치는 건지는 모르겠지만 어쨌든 넌 지금 디멘터들의 기분을 상하게 하고, 볼드모트의 날을 망치고 있잖니.

뱀의 말로 속삭이는 소리가 점점 커진다. 엄청나게 큰 소리로 변한다. 그리고 뱀 문장(紋章)이 그려진 거대한 현수막이 무대 위로 내려온다.

이 무시무시한 장면의 한가운데 스코피어스가 있다.

스코피어스 볼드모트의 날요?

무대가 암전된다.

━━━

1부 끝.

런던 공연 오리지널 캐스트

〈해리 포터와 저주받은 아이 1, 2부〉의 첫 제작은 소니아 프리드먼 프로덕션과 콜린 캘린더, 해리 포터 연극 프로덕션이 맡았다. 2016년 7월 30일에 런던 팰리스 극장에서 초연되었다.

출연(알파벳순)

크레이그 보커 2세	Jeremy Ang Jones
울보 머틀, 릴리 포터 1세	Annabel Baldwin
버넌 이모부, 세베루스 스네이프, 볼드모트 경	Paul Bentall
스코피어스 말포이	Anthony Boyle
알버스 포터	Sam Clemmett
헤르미온느 그레인저	Noma Dumezweni
폴리 채프먼	Claudia Grant
해그리드, 기숙사 배정 모자	Chris Jarman
얀 프레더릭스	James Le Lacheur
피튜니아 이모, 후치 선생, 덜로리스 엄브리지	Helena Lymbery
에이머스 디고리, 알버스 덤블도어	Barry McCarthy
간식 카트 마법사, 맥고나걸 교수	Sandy McDade
역장	Adam McNamara
지니 포터	Poppy Miller

세드릭 디고리, 제임스 포터 2세, 제임스 포터 1세	Tom Milligan
더들리 더즐리, 칼 젱킨스, 빅토르 크룸	Jack North
해리 포터	Jamie Parker
드레이코 말포이	Alex Price
베인	Nuno Silva
로즈 그레인저위즐리, 어린 헤르미온느	Cherrelle Skeete
델피 디고리	Esther Smith
론 위즐리	Paul Thornley

어린 해리 포터

{
Rudi Goodman
Alfred Jones
Bili Keogh
Ewan Rutherford
Nathaniel Smith
Dylan Standen
}

릴리 포터 2세

{
Zoe Brough
Cristina Fray
Christiana Hutchings
}

기타 배역

Nicola Alexis, Jeremy Ang Jones, Rosemary Annabella, Annabel Baldwin, Jack Bennett, Paul Bentall, Claudia Grant, James Howard, Lowri James, Chris Jarman, Martin Johnston, James Le Lacheur, Helena Lymbery, Barry McCarthy, Andrew McDonald, Adam McNamara, Tom Milligan, Jack North, Stuart Ramsay, Nuno Silva, Cherrelle Skeete

대역

Helen Aluko, Matthew Bancroft, Morag Cross, Chipo Kureya, Tom Mackley, Joshua Wyatt

Nuno Silva	상주 무브먼트 캡틴
Jack North	협력 무브먼트 캡틴
Morag Cross	보이스 캡틴

2017년 크리에이티브 및 프로덕션 팀

원작	J.K. Rowling, John Tiffany, Jack Thorne
극본	Jack Thorne
연출	John Tiffany
무브먼트 디렉터	Steven Hoggett
무대 디자인	Christine Jones
의상 디자인	Katrina Lindsay
작곡/편곡	Imogen Heap
조명 디자인	Neil Austin
음향 디자인	Gareth Fry
일루션/마술	Jamie Harrison
음악 슈퍼바이저/편곡	Martin Lowe
캐스팅 디렉터	Julia Horan CDG
프로덕션 매니저	Gary Beestone
제작 무대 감독	Sam Hunter
협력 연출	Des Kennedy
협력 무브먼트 디렉터	Neil Bettles
협력 무대 디자인	Brett J. Banakis
협력 음향 디자인	Pete Malkin

협력 일루션/마법 디자인	Chris Fisher
협력 캐스팅 디렉터	Lotte Hines
조명 조감독	Adam King
의상 디자인 슈퍼바이저	Sabine Lemaître
분장/헤어	Carole Hancock
소품 슈퍼바이저	Lisa Buckley, Mary Halliday
음악 편집	Phij Adams
음악 프로덕션	Imogen Heap
특수 효과	Jeremy Chernick
비디오 디자인	Finn Ross, Ash Woodward
사투리 지도	Daniele Lydon
목소리 지도	Richard Ryder
상주 연출	Pip Minnithorpe
컴퍼니 무대 감독	Richard Clayton
무대 감독	Jordan Noble-Davies
무대 부감독	Jenefer Tait
무대 조감독	Oliver Bagwell Purefoy, Tom Gilding, Sally Inch, Ben Sherratt
의상 팀장	Amy Gillot
의상 부팀장	Laura Watkins
의상팀	Kate Anderson, Leanne Hired
드레서	George Amielle, Melissa Cooke, Rosie Etheridge, John Ovenden, Emilee Swift
낮 공연 의상팀	Melissa Hadley
분장/헤어 팀장	Nina Van Houten
분장/헤어 부팀장	Alice Townes

분장/헤어팀	Jacob Fessey, Cassie Murphie, Joanna Sim
음향 팀장	Chris Reid
음향 부팀장	Rowena Edwards
RF 엔지니어	Laura Head, Bethany Woodford
특수 효과 오퍼레이터	Callum Donaldson
오토메이션 팀장	Josh Peters
오토메이션 부팀장	Jamie Lawrence
오토메이션 엔지니어	Jamie Robson
조명 팀장	David Treanor
조명 부팀장	Paddy Magee
플라잉 테크니션	Paul Gurney
샤프롱	David Russell, Eleanor Dowling
제너럴 매니지먼트	Sonia Friedman Productions
제너럴 매니지먼트/이사	Diane Benjamin
책임 프로듀서	Pam Skinner
협력 프로듀서	Fiona Stewart, Ben Canning
제너럴 매니지먼트 보	Max Bittleston
제작팀	Imogen Clare—Wood
마케팅 매니저	Meg Massey
세일즈 및 회계 팀장	Mark Payn
협력 프로듀서(기획 개발)	Lucie Lovatt
협력 라이브러리언	Jack Bradley
객석 담당	Tobias Jones

J.K. 롤링

원작

J.K. 롤링은 일곱 편의 〈해리 포터〉 시리즈와 자선 목적으로 〈해리 포터〉 참고 도서 세 편을 썼다. 〈해리 포터〉 시리즈는 80개 언어로 번역되어 4억 5,000만 부가 판매되었다. 또한, 성인 소설 《캐주얼 베이컨시》를 썼으며, 로버트 갤브레이스라는 필명으로 범죄 수사물인 〈코모란 스트라이크〉 시리즈를 썼다. 2016년 J.K. 롤링은 '마법 세계'의 연장선인 5부작 영화 〈신비한 동물사전〉 첫 편으로 시나리오 작가로 데뷔했으며 이 영화의 제작자이기도 하다.

존 티퍼니

원작 및 연출

존 티퍼니는 〈원스(Once)〉의 연출자이며, 이 작품으로 웨스트엔드와 브로드웨이뿐 아니라 세계 각지에서 여러 상을 수상했다. 최근작으로는 미국 레퍼토리 극장과 브로드웨이, 에든버러 인터내셔널 페스티벌, 웨스트엔드에서 상연된 〈유리 동물원(The Glass Menagerie)〉과 브루클린 음악원에서 상연된 〈앰배서더(The Ambassador)〉가 있다. 영국 로열 코트 극장의 협력 연출가로 〈트위츠(The Twits)〉와 〈호프(Hope)〉〈패스(The Pass)〉를 연출했다. 스코틀랜드 국립 극단에서 연출한 〈렛미인(Let the Right One In)〉은 로열 코트와 웨스트엔드, 세인트 앤스 웨어하우스에서도 재연되었고 여타 세계 여러 곳을 순회했다. 이 밖에 스코틀랜드 국립 극단에서 연출한 작품으로는 〈맥베스(Macbeth)〉(브로드웨이와 링컨 센터에서도 재연됨)〈인콰이어러(Enquirer)〉〈미싱(The Missing)〉〈피터 팬(Peter Pan)〉〈베르나르다 알바의 집(The House of Bernarda Alba)〉〈트랜스폼 케이스네스: 헌터(Transform Caithness: Hunter)〉〈비 니어 미(Be Near Me)〉〈노보디 윌 에버 포기브 어스(Nobody Will Ever Forgive Us)〉〈바쿠스의 여사제들(The Bacchae)〉(링컨 센터에서도 재연됨), 세계 여러 곳을 순회하고 올리비에상과 비평가 협회상을 수상한 〈블랙 워치(Black Watch)〉〈엘리자베스 고든 퀸(Elizabeth Gordon Quinn)〉〈홈: 글래스고(Home: Glasgow)〉 등이 있다. 티퍼니는 1996년부터 2001년까지 트래버스 극장에서, 2001년부터 2005년까지 페인스 플로우(Paines Plough) 극단에서, 2005년부터 2012년까지 스코틀랜드 국립 극단에서 협력 연출가로 활약했으며 2010~2011년도 하버드 대학교 래드클리프 펠로십(매년 뛰어난 가능성과 큰 성취를 보여 준 예술가 및 학자 50인을 선발해 후원하는 프로그램)을 받았다.

잭 손

원작 및 각색

잭 손은 연극과 영화, 텔레비전 및 라디오 대본을 쓴다. 대표적인 희곡 작품으로는 존 티퍼니가 연출한 〈호프〉와 〈렛미인〉, 헤드롱 극단과 킹스턴 로즈 극장, 브리스톨 올드 빅 극장, 시어터 클로이드가 공동 제작한 〈정크 야드(Junkyard)〉, 그라이아이 시어터 컴퍼니와 영국 국립 극장에서 상연된 〈솔리드 라이프 오브 슈거 워터(The Solid Life of Sugar Water)〉, 에든버러 프린지 페스티벌의 〈버니(Bunny)〉, 트래펄가 스튜디오스의 〈스테이시 (Stacy)〉, 부시 극장의 〈세컨드 메이 1997(2nd May 1997)〉과 〈웬 유 큐어 미(When You Cure Me)〉를 꼽을 수 있다. 번안 작품으로는 돈마 웨어하우스의 〈피지시스츠(The Physicists)〉와 하이타이드 극장의 〈스튜어트: 어 라이프 백워즈(Stuart: A Life Backwards)〉가 있다. 영화 대표작으로는 〈워 북 (War Book)〉 〈어 롱 웨이 다운(A Long Way Down)〉 〈스카우팅 북 포 보이스 (The Scouting Book for Boys)〉, 텔레비전 대표작으로는 〈라스트 팬서스(The Last Panthers)〉 〈돈트 테이크 마이 베이비(Don't Take My Baby)〉 〈디스 이즈 잉글랜드(This Is England)〉 〈페이즈(The Fades)〉 〈글루(Glue)〉 〈카스트오프 스(Cast-Offs)〉 〈내셔널 트레저(National Treasure)〉가 있다. 영국 아카데미 (BAFTA)에서 2016년 최우수 미니 시리즈 부문(〈디스 이즈 잉글랜드 '90〉)과 최우수 단편 드라마 부문(〈돈트 테이크 마이 베이비〉), 2012년 최우수 드라마 시리즈 부문(〈페이즈〉)과 최우수 미니 시리즈 부문(〈디스 이즈 잉글랜드 '88〉)을 수상했다.

감사의 말

〈해리 포터와 저주받은 아이〉 극연구회의 모든 배우, 멜 케니언(Mel Kenyon), 레이철 테일러(Rachel Taylor), 알렉산드리아 호턴(Alexandria Horton), 이모젠 클레어우드(Imogen Clare-Wood), 플로렌스 리스(Florence Rees), 제니퍼 테이트(Jenefer Tait), 데이비드 노크(David Nock), 레이철 메이슨(Rachel Mason), 콜린(Colin), 닐(Neil), 소니아(Sonia), 소니아 프리드먼 프로덕션(SFP)과 블레어 파트너십(Blair Partnership) 직원들, JKR PR의 레베카 솔트(Rebecca Salt), 니카 번스(Nica Burns)와 팰리스 극장의 모든 직원, 그리고 물론, 이 작품을 멋지게 표현해 준 우리 배우들에게 감사드립니다.

해리 포터 가계도

고대부터 마법사의 명맥을 이어 온 포터 가문의 기원은 12세기로 거슬러 올라간다. 이후 포터 가문은 페버럴가와 위즐리가, 심지어 더즐리가에 이르기까지 여러 마법사 가족과 머글 가족으로 뻗어 나갔다.

해리 포터 연대표

1980년 7월 31일

잉글랜드 고드릭 골짜기에서
해리 포터가 태어난다.

1981년 10월 31일

해리의 부모 릴리 포터와 제임스 포터가
자신들의 집에서 볼드모트 경에게 살해된다.
볼드모트의 살해 저주를 튕겨 낸 해리는
이마에 번개 모양의 흉터를 갖고 고아로
살아남는다.

1981년 11월 1일

해리가 해그리드에게 구조되어
머글 친척인 더즐리가로 보내지고
더즐리 가족은 해리의 혈통을 숨긴
채 살아간다.

.... 10년 후…… ....

 ## 마법사의 돌

1991년 7월 31일

해그리드가 해리에게 호그와트
편지를 가져다주며 "해리, 넌
마법사야"라고 알려준다.

1991년 9월 1일

해리가 난생처음 호그와트 급행열차를
타고 호그와트 마법 학교로 향하는 길에
론 위즐리와 헤르미온느 그레인저를
만난다.

1992년 6월

해리가 마법사의 돌을 차지하려
하는 퀴럴 교수를 꺾고 두 번째로
볼드모트를 물리친다.

 ## 비밀의 방

1992년 10월 31일

비밀의 방이 열리고 슬리데린의 괴물이
일련의 공격을 시작한다.

1992년 12월 25일

해리와 론, 헤르미온느가 처음으로
폴리주스 마법약을 마신다.

1993년 5월

해리와 론이 울보 머틀의 화장실을 통해
비밀의 방에 들어가고, 그 안에서 해리는
바실리스크를 죽인 뒤 지니 위즐리를
사로잡았던 톰 리들의 일기장을 파괴한다.
해리가 지니의 목숨을 구한다.

아즈카반의 죄수

1993년 8월
해리가 《예언자일보》에서 '아즈카반 감옥에
수감되었던 가장 악명 높은 죄수' 시리우스
블랙의 탈옥 소식을 접한다.

1993년 9월 1일
호그와트 급행열차에 디멘터들이 침입한다.

1994년 6월 6일
해리는 시리우스가 누명을 썼으며 진짜 범인은
피터 페티그루라는 사실을 알게 된다.

해리와 헤르미온느가 타임 터너를
사용해 시리우스를 구출하고 죄인인
페티그루는 또다시 도망친다.

불의 잔

1994년 8월
퀴디치 월드컵에 어둠의 징표가 나타나
볼드모트의 부활과 재기를 알린다.

1994년 9~10월
덤블도어 교수가 100여 년 만에
트라이위저드 대회가 개최된다는 소식을
발표한다. 뜻밖에도, 불의 잔이 연령 미달인
해리를 참가자로 선발하여 해리 포터와
세드릭 디고리 두 사람이 호그와트 대표
선수가 된다.

1994년 11월 24일
트라이위저드 대회의 첫 번째 과제에서 해리는
비행술을 이용하여, 불을 내뿜는 헝가리 혼테일
용의 황금알을 가져오는 데 성공한다.

1994년 12월
덤스트랭 대표 선수인 빅토르 크룸이
헤르미온느에게 크리스마스 무도회의
파트너가 되어 달라고 청하고, 해리와 론은
각각 파르바티 파틸과 파드마 파틸에게
파트너 신청을 한다.

1995년 2월 24일
트라이위저드 대회의 두 번째 과제에서 해리는
아가미풀을 사용하여 호수에서 론과 가브리엘
들라쿠르를 모두 구출하지만, 그의 영웅적
행동에 대해 심판들의 의견이 갈린다.

1995년 6월 24일
위험한 괴물과 장애물이 가득한 미로에서
마지막 시험이 펼쳐진다. 해리와 세드릭은
공동 우승을 거두지만, 우승컵이
포트키인 탓에 둘은 볼드모트와
그의 부하들인 죽음을 먹는 자들이
기다리고 있는 공동묘지로 보내진다.
세드릭은 살해되고, 해리는 세드릭의
시체와 볼드모트의 부활 소식을 안고
망연자실하게 호그와트로 돌아온다.

불사조 기사단

1995년 9월

마법 정부 총리인 코닐리어스 퍼지는 볼드모트의 부활 소식을 부인한다. 그는 덤블도어를 견제하기 위해 덜로리스 엄브리지를 어둠의 마법 방어법 교수로 임명한다.

1995년 10월

해리가 학생들을 모아 덤블도어의 군대를 조직하고 이들은 비밀리에 모여 엄브리지에게 저항하며 그녀가 수업 시간에 가르쳐 주지 않는 어둠의 마법 방어법을 익힌다.

1996년 6월

그해 내내 볼드모트와 정신적으로 연결되어 괴로워하던 해리는 볼드모트의 눈을 통해 위험에 처한 시리우스의 모습을 보게 된다. 그는 가까운 친구들을 대동하고 마법 정부로 가서 또 한 번 볼드모트와 전투를 벌인다.

마법 정부

해리는 자신의 운명과 볼드모트의 운명이 엮여 있음을 알리는 중요한 예언을 발견한다.

마법 정부

시리우스 블랙이 죽음을 먹는 자인 벨라트릭스 레스트레인지에게 살해되고 미스터리 부서 전투로 인해 마법 정부에 보관된 타임 터너들이 모두 파괴된다.

혼혈 왕자

1997년 1월

덤블도어가 볼드모트를 무너뜨릴 계획의 일환으로 해리에게 어둠의 왕의 과거에 대해 가르치기 시작한다.

1997년 5월

그리핀도르가 퀴디치 우승컵을 따낸 뒤 마침내 해리가 지니와 입맞춤을 한다.

1997년 6월

호그와트에 죽음을 먹는 자들이 잠입한다. 드레이코 말포이가 볼드모트의 살인 지령을 이행하지 못하자, 세베루스 스네이프가 대신 덤블도어를 죽인다.

죽음의 성물

1997년 8월

마법 정부가 무너지고 볼드모트가 권력을 잡는다. 해리와 론, 헤르미온느는 도망 다니며 어둠의 왕을 물리치기 위해 나머지 호크룩스들을 찾아 나선다.

1997년 12월

해리와 론, 헤르미온느는 죽음의 성물 세 가지를 모두 소유하면 죽음의 지배자가 될 수 있다는 이야기를 접한다.

1998년 5월

해리와 론, 헤르미온느가 남은 호크룩스들을 찾기 위해 호그와트로 돌아가고 호그와트 전투가 시작된다.

호그와트 전투

볼드모트가 죽음의 성물을 모으는 과정에서 딱총나무 지팡이를 온전히 소유하기 위해 스네이프를 살해한다. 해리는 스네이프가 자기 어머니 릴리를 사랑했으며, 오래전부터 어둠의 왕이 아니라 덤블도어 그리고 자신이 사랑한 이 여성의 동맹으로 활동했다는 사실을 알게 된다.

호그와트 전투

자기가 호크룩스 중 하나임을 알게 된 해리는 마법 세계를 구하기 위해 자기 자신을 볼드모트에게 제물로 바친다.

호그와트 전투

네빌 롱보텀이 내기니를 죽임으로써 해리를 대신해 마지막 호크룩스를 파괴한다.

호그와트 전투

해리는 볼드모트의 최후 공격을 이겨 내고 살아남아 마침내 그를 무너뜨린다.

19년 후……

2017년 9월 1일

(서른일곱 살의) 해리와 지니는 부부가 되었고 그들 사이에는 세 자녀가 있다. 두 사람이 킹스크로스역 9와 4분의 3 승강장에서 론과 헤르미온느 그레인저위즐리 부부를 만난다. 두 집안의 자녀인 알버스 포터와 로즈 그레인저위즐리가 호그와트에 입학한다. 알버스는 슬리데린으로 배정받을까 봐 걱정하고, 해리는 "알버스 세베루스, 넌 호그와트 역대 교장 두 분의 이름을 물려받았어. 그중 한 분은 슬리데린 출신이었는데, 아빠가 아는 사람 중 가장 용감한 분이셨단다."라고 말하며 아들을 안심시킨다. 경적이 울리고 알버스와 로즈의 여정이 시작된다.

옮긴이 박아람

주로 소설을 번역하며, 현재 KBS 더빙 번역 작가로도 활동 중이다. 옮긴 책으로는《마션》
《달빛 코끼리 끌어안기》《로움의 왕과 여왕들》《작가의 시작》《생활수업》《12월 10일》《빅
브러더》《내 아내에 대하여》《포이즌우드 바이블》《찰리와 악몽학교》《달콤한 내세》, 테스
게리첸의〈리졸리 & 아일스〉시리즈 외 다수가 있다.

해리 포터와 저주받은 아이 1부

초판 1쇄 발행 2016년 11월 17일
초판 14쇄 발행 2017년 9월 18일

개정판 1쇄 발행 2017년 10월 13일
개정판 10쇄 발행 2021년 9월 10일

개정2판 4쇄 발행 2024년 6월 26일

지은이 | J.K. 롤링·존 티퍼니·잭 손
옮긴이 | 박아람
발행인 | 강봉자·김은경

펴낸곳 | (주)문학수첩
주소 | 경기도 파주시 회동길 192(문발동 513-10) 출판문화단지
전화 | 031-955-9088(대표번호), 9532(편집부)
팩스 | 031-955-9066
등록 | 1991년 11월 27일 제16-482호

홈페이지 | www.moonhak.co.kr
블로그 | blog.naver.com/moonhak91
이메일 | moonhak@moonhak.co.kr

ISBN 979-11-92776-74-3 04840
      979-11-92776-73-6 (세트)

＊ 파본은 구매처에서 바꾸어 드립니다.